힐링 예술가

힐링 예술가

펴낸날 2023년 5월 4일

지은이 최민정
펴낸이 주계수 | **편집책임** 이슬기 | **꾸민이** 이승훈

펴낸곳 밥북 | **출판등록** 제 2014-000085 호
주소 서울시 마포구 양화로7길 47 상훈빌딩 2층
전화 02-6925-0370 | **팩스** 02-6925-0380
홈페이지 www.bobbook.co.kr | **이메일** bobbook@hanmail.net

ISBN 979-11-5858-947-9 (03810)

힐링 예술가

미래를 향해 당당히 나아가는

최민정

힐링 예술가의 7가지 미라클 맵

추천사

최민정 작가님을 만난 것은 2021년 5월입니다. 이미 한 권의 책을 출간한 최민정 작가님이 내게 책 코칭을 받고자, 내가 사는 영종도 하늘 신도시까지 운전해서 찾아오셨습니다. 나는 첫 만남에서 책의 목차를 7가지로 정해서 만들었습니다. 독서 힐링법, 책 쓰기 치유법, 마음 바꾸기 훈련법, 언어 힐링법, 긍정 마인드 힐링법, 감사 힐링법, 움직임과 소통 힐링법입니다. 그리고 저자의 초고 쓰기가 시작되었는데, 중간에 못 하겠다고 포기를 선언했었습니다. 그러나 나는 포기를 하지 않았습니다.

그후 몇 개월 뒤에 최민정 작가에게서 이메일로 원고가 왔습니다. 나는 그 원고를 읽어보고 큰 감동과 함께 눈물을 흘렸습니다. 원고 내용이 좋아졌을 뿐만 아니라, 최민정 작가 자신이 원고를 쓰면서 변하고 성장해가고 있음을 느낄 수 있었기 때문입니다.

이 책은 작가가 글을 쓰면서 변하는 체험을 쓴 진짜 책입니다. 내가 최민정 작가를 처음 만났을 때, 최민정 작가는 분명히 인생과 미래에 대해서 자신감이 부족했습니다. 그러나 포기하려던 마음을 가다듬고 최선을 다해서 원고를 완성했을 때는 자신감이 있는 사람으로 변해 있었습니다. 제목대로 **'힐링 예술가'**가 되어가고 있었습니다.

책은 내용 면에서도 아주 알차게 구성됐습니다. 인생을 '힐링 예술가'로 살아가기 위한 7가지 목차의 콘텐츠가 알차게 구성되어, 읽는 사람들에게 큰 감동을 줄 것입니다. 물론 저자 자신이 7가지 로드맵을 따라서 변화를 경험했기에 더 힘이 있는 책입니다.

책은 또한 최민정 작가의 성장 가능성을 크게 보여주고 있습니다. 인간은 성장해 가는데 그 보람과 삶의 의미가 있다고 할 수 있습니다. 내가 바라고 희망하기는 최민정 작가는 앞으로 세 번째, 네 번째 책을 쓰면서 계속 성장해 갈 것으로 믿습니다. 나는 이번 책을 코칭하면서 코칭 작가로서 큰 보람을 느꼈습니다. 앞으로 큰 작가로 성장해 갈 최민정 작가를 계속해서 지켜보고 응원할 생각입니다.

제가 책을 코칭하면서 큰 보람과 감동을 했듯이 독자 여러분에게도 최민정 작가가 온갖 역경을 이겨내고 1년 6개월간 쓴 이 책이 큰 감동을 안겨주리라 믿습니다.

코칭 전문 작가, 『내 인생을 다시 쓰는 책 쓰기』의 저자, 박성배 박사

프롤로그

힐링 예술가가 알려주는

'당당히 살아가는 7가지 미라클 맵'

저는 이 책을 쓰면서 제가 누구인지 직시하고 알게 되었습니다. 저는 경계선 인지장애를 가진 사회적인 약자였습니다. 나약한 나 자신을 인정하기는 쉽지 않았습니다. 아는 듯 모르는 듯 경제적 자립조차 전혀 생각하지 못했었습니다. 세상에 한 사람으로 우뚝 홀로서기도 하지 못했습니다. '경계선 인지장애'는 복지카드도 받을 수 없는 사각지대에 있는 사람들입니다. 그렇다고 저는 좌절하지 않고, 사실을 인정하며 지금처럼 닥치는 어려움을 극복하며 살아갈 것입니다. 그러면서 나 자신을 돌보며 마음이 아프고, 힘든 이들을 치유하는 '힐링 예술가'로 살아가려고 합니다.

저는 책을 쓰면서 '최민정'으로 아팠던 과거를 다 버리려고 노력했습니다. 새로운 출발을 위해 맑고 단단하고 자유롭게 살자고 다짐했습니다. 사람들을 만나고 해결하려고 노력하면서 나는 혼자가 아니라는 사실을 경험했습니다. 그리고 매 순간에 함께하는 것임을 알았습니다. 내가 혼자가 아니고 늘 함께하는 이들이 있다고 생각하니 드디어 스스로 힘으로 살아갈 수 있게 되었습니다. 용서하고 끌어안으며 세상과 함께 더 조화롭게 나아가려고 합니다.

언급한 것처럼 타인을 위해서라기보다는 저 자신을 위해 이 책을 썼습니다. 제가 아픔을 이겨내고 두 권의 책을 내며 홀로서기를 할 수 있었던 나름의 비결을 써보았습니다. 그 비결을 저는 7가지로 정리하고 미라클 맵으로 이름 붙였습니다.

책에 담긴 7가지 미라클 맵은 다음과 같습니다.

첫 번째 미라클 맵은 '독서 힐링법'입니다. 저는 한 권의 책부터 천천히 시작해서 마음에 내공을 쌓을 수 있었습니다. 밑줄을 그으면서 읽은 책이 마음을 단단하게 해주었습니다. 결국, 그 독서가 뇌를 바꾸고, 인생을 바꾸어주기 시작했습니다. 콘텐츠 있는 사람으로 만들어 주었습니다. 독서야말로 제 인생을 바꾸어준 '힐링 테라피'였습니다. 여러분도 천천히 독서를 시작해보시기 바랍니다.

두 번째 미라클 맵은 **'책 쓰기 치유법'**입니다. 책 쓰기의 시작은 필사부터입니다. 책 쓰기는 빛나는 인생의 시작입니다. 고통의 때에 쓴 책이 인생의 날개를 달아준다는 것을 배웠습니다. 책 쓰기는 인생을 치유하는 도구입니다. 책 쓰기로 저는 이렇게 행복한 인생이 시작되었습니다. 깨끗하고 맑은 삶의 문이 활짝 열렸습니다. 책 쓰기가 여러분의 인생에도 날개를 달아줄 것입니다.

세 번째 미라클 맵은 **'마음 바꾸기 훈련법'**입니다. 내면의 부정적인 마음을 몰아내고, 마음을 바꾸면 삶도 바뀝니다. 마음의 분노를 버리고, 마음이 바뀌면 삶에 기적이 일어납니다. 마음이 바뀌고 바뀐 마음을 따라 몸을 움직이면 내 삶에 기적과 같은 일들이 일어납니다.

네 번째 미라클 맵은 **'언어 힐링법'**입니다. 나는 이제 '할 수 있다'라는 말을 자주 사용합니다. 인생은 결국 말하는 대로 이루어지기 때문입니다. 사용하는 말이 바뀌니 제 인생도 바뀌기 시작했습니다. 나는 뭐든지 할 수 있는 사람입니다. 말이 바뀌면서 제 인생도 기적 인생의 주인공이 되기 시작했습니다.

다섯 번째 미라클 맵은 **'긍정 마인드 힐링법'**입니다. 부정적인 마인드를 가진 사람들을 멀리하고, 날마다 긍정적인 마인드로 내 마음을 채워가기 시작했습니다. 긍정 마인드가 미래의 희망을 꿈꾸게 했습니다. 긍정 마인드는 지구도 들어 올리는 힘이 있습니다. 긍정 마인드가 내 삶에 기적을 선물해 주기 시작했습니다.

여섯 번째 미라클은 '감사 힐링법'입니다. 하루를 여는 아침 저는 감사의 일기를 쓰며 시작합니다. 마음을 치료하는 감사를 마음에 채워가면서 하루를 시작합니다. 감사하는 습관이 성격을 바꾸고, 감사가 인생을 행복으로 이끌어줍니다. 이제는 호흡에도 감사를 달고 살아가게 되었습니다.

마지막 일곱 번째는 **'움직임과 소통 힐링법'**입니다. 책을 쓰면서 '아무리 힘들어도 한 걸음 앞으로 내딛는 힘'을 배웠습니다. 힘들 때는 산책을 하면서 마음을 가다듬고, 작은 실천을 하면서 성공의 경험을 쌓았습니다. 사람과의 소통에도 용기를 내어 실천하기 시작했습니다.

책을 쓰는 내내 힘들었지만, 하나님께서 나도 맑게 노래할 수 있고, 시를 짓고 읊을 수 있는 작가가 될 수 있다고 용기를 주셨습니다. 마침내 두 권의 책을 선보인 지금부터는 늘 내가 하고 싶은 표현을 하며, 감정을 조절하며 살아가려고 합니다. 이렇게 자신을 표현하며 사는 삶이 힐링 예술가라고 생각합니다. 또한, 할 수 있다면 이 책을 쓰면서 얻은 내공과 힐링 예술가의 삶을 통해 나 자신은 물론 마음이 아프고 힘든 이들에게 치유를 건네며 살아가려고 합니다.

행복하고 감사합니다. 나를 위해 있는 힘껏 도와주신 작가님들에게 이 책을 바칩니다. 그리고 하나님 감사합니다. 하나님이 역사하심을 믿게 되었습니다. 고난 뒤에 축복도 경험하는 중입니다.

2023년 봄
최 민 정

차례

두 번째 미라클 맵 - 책 쓰기 치유법

세 번째 미라클 맵 - 마음 바꾸기 훈련법

네 번째 미라클 맵 - 언어 힐링법

다섯 번째 미라클 맵 - 긍정 마인드 힐링법

여섯 번째 미라클 맵 - 감사 힐링법

일곱 번째 미라클 맵 - 움직임과 소통 힐링법

첫 번째 미라클 맵

독서 힐링법

한 권 읽기부터 시작하라

"좋은 책을 읽는다는 것은
과거 몇 세기의 가장 훌륭한 사람들과
이야기를 나누는 것과 같다."

- 데카르트(Rene Descartes)

책은 보물을 숨기고 있다. 일단 읽기 시작하면 지혜가 후두두 쏟아져 나온다. 그리고 자신을 돌아보게 된다. 바로 깊이 있는 성찰을 하게 된다. 나는 요즘에 『1일 1페이지, 세상에서 가장 짧은 심리 수업 365』(2021)라는 책에서 읽고 싶은 페이지를 골라 한두 페이지 줄을 치며 읽는다. 그러면서 나를 돌아보고 적용하고 있다. 여기서 마야 안젤루(*Maya Angelou*)의 이야기가 나온다. 안젤루는 스승에게서 '네가 할 수 있는 것'을 해보라는 말을 듣고 글을 쓰기 시작한다. 어떤 외부의 자극에도 흔들리지 않고 자신에게 집중하면서 글을 쓴다. 그리고 샘솟는 용기를 발견한다. 그렇게 간절함을 표현하는 소망을 담은 아름다운 비상구가 '글'이 된다. 그리고 그 글은 작가 마야 안젤루의 데뷔작으로 탄생한다.

나는 살기 위해 마야 안젤루의 이 책을 읽었다. 바로 '생존 독서'를 하였다. 그리고 나는 '내가 할 수 있는 것'에 대한 깊은 생각을 하게 되었다. 누구에게 묻기 힘든 부분들을 읽기로 깊이 배운 '나'였다. 그리고 내 삶에 적용했다. 내 삶 앞에 보람과 기쁨이 넘치도록 책을 읽고, 나는 나를 넘어섰다. 또 나는 삶이 힘겨울 때마다 책을 들여다보는 나만의 습관을 갖추었다. 처음부터 끝까지 읽는 정독은 아니더라도 내 마음을 움직이는 문구를 찾아 읽는 습관을 들였다.

예전에, 대학을 가기 위해 '불가능은 없다.'라는 심정으로 공부했던 기억이 난다. 그때 읽은 책이 있다. 책은 제목부터 나를 이끌었다. 『나는 희망의 증거가 되고 싶다』(1999)라는 서진규의 책이었다. 서진규는 한국에서 고생을 많이 했지만, 멋진 여군으로 미국까지 가 성공한 여자였다. 나는 이 책을 서울 중심부에 있는 서울 정독도서관에서 공부하는 중에 접했다. 공부 중 답답한 마음에 책을 읽으려고 하다가 이 책을 발견하고 미친 듯이 읽어댔다. 정독하려고 읽은 것은 아닌데, 읽다 보니 다 읽어버렸던 기억이 난다. 책을 읽고 나니 내 삶을 다시 생각할 수 있었고, '그래, 할 수 있어.'라는 마음이 생겨났다.

하루에 2권의 책을 읽는 일본 작가 '인나미 아스시(印南敦史)'가 있다. 그는 오로지 자신에게만 집중하는 시간을 갖고, 자신을 성장시키는 문장을 찾고, 웹 미디어에 서평을 올린다고 한다. 그는 적어도 개인적으로는 책을 읽지 않는 인생보다는 책을 읽는 인생이 훨씬 즐겁다고 말한다. 독서는 다른 사람의 인생을 만나면서 자기 삶을 풍성하게 하는 것이 아닐까? 시간과 장소가 큰 조건이 되지 않고, 오로지 자신에게만 집중하게 해주는 것, 그것이 나는 '독서'라고 생각한다. 삶의 한 부분으로 독서를 생활화한다면, 자기 몸에 엄청난 인생을 담고, 걸어가는 도서관이 되는 것이다. 이렇게 한다면 1만 권의 독서도 우리에게 가능한 일이다. 인나미 아스시는 뉴스위크(일본판) 등 다수의 웹 미디어 서평란을 담당하고 연간 700권 이상의 책을 읽는다고 한다. 하루에 2권을 읽으면 가능한 일이다. 그는 "인생은 책을 얼마나 읽었느냐에 따라 달라진다."라고 말했다. 이 말처럼 나도 책을 읽으며 변화하고 있고, 성장을 꿈꾸며 살아가고 있다.

나는 어릴 때, 위인전을 참으로 많이 봤다. 집에 전집이 있어서 그 위인들의 이야기를 읽다 보면 나도 큰 사람이 되고 싶다고 느끼곤 했다. 특히 나는 '헬렌 켈러(*Hellen Keller*)' 이야기를 참 좋아했다. 그녀가 설리번 선생님을 만나 삼중고를 이겨내는 과정은 나를 바닥에서 일으키는 잊지 못할 살아있는 교과서나 마찬가지였다. 그리고 나는 힘이 들 때마다 서점에 갔다. 어렸을 때부터 책 읽기를 좋아하시는 어머니가 계셨기에 광화문에 있는 교보문고는 나에게 힘들 때 찾는 피난처였다. 고등학교를 덕성여고에 가도록 한 이유도 학교 옆에 서울 정독도서관이 있기 때문이었다. 또 나는 여고 시절에 제일 친한 친구가 사주었던 배우 김윤진의 책도 여기서 선물을 받았다. 『화술로 배우는 연기 이론, 실전』(2006)이라는 배우 우상전의 책도 여기서 직접 고르고 선물을 받았다. 그러고 보니 나는 어릴 때부터 책을 참 좋아했다. 독서는 내가 꿈에 대한 낙관적인 태도를 보이도록 도와주기도 했다. 나에게 지혜의 멘토는 독서였고, 책이었던 셈이다. 이후 캐나다에 가서도 도서관에 가는 습관은 여전했다.

진정한 변화는 진심과 정성이 담긴 독서에서 시작한다. 뇌의 변화는 책을 통해서만 꾸준히 집중적으로 해야 가능하다는 사실을 나는 경험으로 깨달았다. 나는 독서량이 늘다 보니 내 삶을 통찰하게 되었고 이를 바탕으로 꿈꿀 수 있었다. 독서를 통한 변화는 창의력으로 연결되는 등 연쇄작용으로 발전된다고 한다. 이를 볼 때 책을 읽고, 밑줄을 긋고, 메모하면서 쌓는 내면의 수련이야말로 자신을 업그레이드하는 최고의 투자라는 생각이 든다. 내면의 수양을 통해 마음의 변화가 이루어지면 무엇이든 할 수 있다는 결론이 나고 밑바닥부터 변화가 시작된다. 이 모두가 독서가 지닌 강력한 힘이다.

독서의 강력한 힘을 정리해 보자.

첫째, 독서는 변화하게 하는 선물이다. 우리에게 용기와 지혜의 해법들을 독서로 배울 수 있기 때문이다.

둘째, 독서는 마음을 단단하게 하여 삶에 튼튼한 뿌리를 내려주게 한다.

셋째, 독서는 힐링의 원천이다. 많은 번뇌를 잊고, 마음을 진정하며 몰입의 즐거움을 느낄 수 있다.

독서를 통해서 얻어지는 힘은 실로 막대하다. 앞으로 나아가지도 뒤로 가지도 못하고, 절망하여 날마다 죽을 것만 같이 힘들던 나를 일으킨 것은 바로 '독서'였다. 앞에서 언급했듯이 독서가 폭발하는 힘을 발휘하도록 하려면 집중 독서를 해야 한다. 이 사실을 나는 직접 체험했다. 생의 절박한 순간에 독서에 집중하면, 결국 삶의 온도가 100℃가 되고, 임계점에 도달한 물이 마침내 끓듯이 지식의 폭발을 경험할 수밖에 없다. 그렇게 집중 독서를 통한 변화는 나를 두 번째 책을 내도록 하였다. 독서는 이렇게 언제나 나에게 희망의 증거를 남겨주었다.

누군가가 나에게 "오늘이 마지막 날인 것처럼 충실히 살 수 있었던 원동력은 어디서 나옵니까?"라고 물으면 나는 독서의 힘이었다고 말하고 싶다. 나는 책을 보면서 일어서고, 책을 쓰면서 살아갈 이유를 재정립했기 때문이다. 『거절당할 용기』(2019)를 보면 "듣는 자가 아니라 실천하는 자가 되세요."라는 말이 있다. 독서가 변화하게 하는 힘이 있더라도 깨달음이 생각에만 그친다면 아무런 변화가 일어나지 않는다. 실천하는 게 두려워 도망치면 안 된다. 두려움을 무릅쓰고 정면으로 부딪치면 생각했던 만큼 어렵고 두려운 일이 아니다. 진정한 독서는 깨달음을 통해 실천하며 변화하게 하는 것이다.

자, 지금부터 한 권의 책을 손에 들고 읽기 시작하라. 당장 인생의 변화가 느껴진다. 나는 독서를 통해 절대 포기하면 안 된다는 것을 배웠다. 그리고 자연스럽게 집중 독서를 통한 변화가 나를 두 번째 책까지 끌고 왔다. 당신의 마음을 움직이는 독서의 힘을 느껴보자. 여태 몰랐던 한층 성숙한 내면의 자아와 만나게 될 것이고, 삶이 달라질 것이다. 자, 읽고 또 읽어보자. 삶의 주인공은 바로 당신이다.

마음을 단단하게 해주는 밑줄 독서

"내가 우울한 생각의 공격을 받을 때
내 책에 달려가는 일처럼 도움이 되는 것은 없다.
책은 나를 빨아들이고 마음의 먹구름을 지워준다."

– 미셸 몽테뉴(Michel Eyquem de Montaigne)

나는 독서를 통해 나를 단단히 세운다. 독서가 내 마음을 튼튼하게 만들어 주기 때문이다. 독서를 하면서 나는 밑줄을 긋고 나를 인정하며 나아간다. 『삶에 기적이 필요할 때』(2021)라는 책에서 "나는 나 자신을 인정한다."라는 구절에 감명받고 내 몸과 마음을 감싸 안으며, 받아들임을 깊게 배웠다. 나는 2018년 처음으로 책을 쓰기 시작했다. 아이를 낳은 지 100일 된 몸으로 친정어머니와 동생을 위해 내 모든 것을 바치려고 노력하며 글을 썼다. 하남 신장도서관에 가서 숨을 죽이며 글을 쓰려고 했지만 쉽지 않아 떠돌아다니면서 글을 썼다. 최선을 다해 세상에 나올 수 있게 쉼 없이 독서하며 마음을 단단하게 먹으면서 말이다. 그렇게 나는 밑줄을 그으며 독서했고, 이후 책을 썼고, 내면은 건강하고 단단해졌다.

박성배 작가의 책 『내 인생을 다시 쓰는 책 쓰기』(2021)를 보면, 독서의 밑줄을 '마음의 근육'이라고 표현했다. 몸의 근육은 몸이 제 기능을 발휘하고 지탱하게 해주는 역할을 한다. 몸의 근육처럼 마음의 근육은 삶이 지치고 힘들 때 좌절하지 않도록 한다. 독서 자체가 마음의 근육을 단련하지만, 밑줄을 그으며 집중하는 독서는 더 단단한 마음의 근육을 만들어 준다. 나 역시도 독서하고 밑줄을 그으며, 나도 모르게 마음의 근육이 자라 모든 상황을 단단하게 개선하는 힘이 생겼다. 그리고 제2의 인생을 살아가듯, 세상에 자신을 당당히 드러내는 일을 실천하게 되었다. 어떠한 상황이 와도 흔들리지 않는 독서의 힘을 직접 경험하며 깨달았다. 마음의 근육을 염두에 두고 독서한 것은 아니었지만, 밑줄을 치는 독서가 자기 내면을 가꾸고 마음을 단단하게 만들어 준 것이다.

얼마 전에 '모소 대나무(*Moso Bamboo*) 이야기'를 줄을 치며 읽으면서 성장의 희망을 보았고, 다시 마음을 다지고, 모소 대나무처럼 단단하게 뿌리를 내리는 중이다. 모소 대나무는 5년 동안 뿌리만 내리고 자라지 않다가 5년이 지나면, 하루에 70센티미터씩 자라서 30미터까지 자란다고 한다. 나는 모소 대나무에서 희망을 보고 마음을 단단하게 채우며 계속 성장 중이다.

책은 늘 내 마음의 주인은 바로 나 자신임을 믿게 했다. 모든 사람이 나를 떠날 때, 나에게는 책이 있었다. 그 책이 나를 버티게 해주었다. 책은 나에게 내가 할 수 있는 일이 있을 것이라고 알려주었고, 나는 책이 전하는 희망을 믿고 또 믿으며 살아왔다. 책은 그만큼 다양한 내 상황에 들어와서 나에게 용기를 주고 단단하게 해주었다. 일상에서 어려움에 부닥치면 책은 나에게 길을 보여주었고, 상처받은 마음에는 언제나 새살을 돋게 했다. 나는 오늘도 책을 읽으며, 내 마음을 큰 그릇으로 빚어내고 있다.

나는 책을 통해 마음이 단단해지는 가운데 책을 읽으면서 또 하나의 사실을 발견했다. 바로 나에 대한 비난이 전혀 근거 없는 것이라면, 그 비난을 내가 '받지 않으면 된다'는 사실이었다. 즉, 무엇이든 타인에 의해서가 아니라 내 마음이 움직이는 대로 결정하면 남들의 평가나 비난을 그다지 중요하지 않다는 사실을 안 것이다. 만약 내가 몰랐던 단점이 있었다면, 그 단점을 고치기 위해 발전시킬 수 있는 여지를 찾아서 실천하면 된다. 자신이 떳떳하고 자신의 단점을 고쳐 개선해 나간다면, 결과적으로 그들의 비난은 틀린 것이 되고 만다.

영화배우 모건 프리먼(*Morgan Freeman*)은 "만일 누군가가 당신에게 검둥이라며 부당한 비난을 한다면 어떻게 하시겠습니까?"라는 질문에 이렇게 대답했다. "그건 그 사람의 무례함이 문제지 내 문제는 아닙니다. 남들의 비난도 내가 받지 않으면 내 것이 아니니까요." 이 말처럼 상처받는다고 하는 것은 결국 자기 마음의 선택이다. 모건 프리먼은 이런 태도로 차별이 심했던 할리우드에서 차근차근 자기 경력을 쌓았고, 전 세계인의 사랑을 받고 있다. 모건 프리먼처럼 누군가가 나에게 부당하고 불합리한 공격을 할지라도 스스로가 마음의 평정을 유지하자. 그런 마음의 평정을 독서가 안겨줄 것이다.

목표가 있다면 의지와 용기를 가지고 끈질기게 노력해야 한다. 『독하게 살기로 결심했다』(2018)라는 책은 전심전력을 다해 도전하고, 체면 따위는 벗어 던져야 한다고 말한다. 목표를 추구하는 과정에서 수많은 난관이 존재하더라도 절대 물러서지 말라고 말이다. 그래야만 이 사회에서 살아남을 수 있기 때문이다. 나는 사회에 살아가는 생존법을 몰랐다. 내 인생을 스스로 책임지면서 직업을 일구었어야 했는데 그러지 못했다. 그런 나를 부모님이 그리고 하나님께서 지켜주셨지만, 독서하면서 스스로 힘으로 생존해야 함을 배웠다. 하나님 앞에 당당하게 나아가는 길을 책이 알려주었다. 그 길을 위해 나는 작가가 되었다. 작가로서 아직도 부족하지만 계속 읽고 쓰고 생각하며 나의 꿈에 도태되지 않으려고 노력한다.

나는 독서와 작가 외에도 내가 할 수 있는 모든 것을 하면서 살아가려고 한다. 욕심을 버리고, 할 수 있는 만큼 하면서 전진하고 싶다. 독서로 단단해진 나를 붙잡고, 계속 책과 함께하면서 밑줄을 치고 더 단단한 마음의 근육을 기르며 세상에 보란 듯이 행복하게 살려고 한다.

독서로 나만의 콘텐츠를 쌓다

"책은 꿈꾸는 걸 가르쳐 주는 진짜 선생이다."

– 가스통 바슐라르(Gaston Louis Pierre Bachelard)

나는 독서를 통해 성장하면서 나만의 콘텐츠를 쌓아가는 사람이 되었다. 아이들이 좋아하는 동화책에서는 감정을 알고, 다루는 법도 배웠다. 『할까 말까』(2020)라는 책을 보면서 '인사'하는 법을 배웠고, 『마음아 안녕』(2018)이라는 책을 보면서 "좋으면 좋다, 싫으면 싫다."라고 표현하는 법을 알게 되었다. 표현하는 자유로움을 그림과 글로, 행복해지는 기쁨을 그림책으로 배웠다. 또 나는 책의 간접 경험을 통해 내 삶을 풍부하게 표현하고, 나를 들여다보는 시간도 가졌다. 책은 그렇게 지혜가 깊어지게 했으며 나를 거기에 머무르지 않고 한 걸음 더 나아가게 했다. 바로 나만의 콘텐츠가 만들어지고 그 영역을 확장하게 한 것이다.

성공적인 인생을 사는 사람들은 대부분 독서하는 사람들이다. 세상을 떠났지만, 삼성그룹의 고 이건희 회장은 살아생전 매월 20권의 책을 읽을 만큼 독서 몰입가였다고 한다. 안중근 의사는 "하루라도 책을 읽지 않으면 입에 가시가 돋는다."라고 말했는데, 내가 어릴 적에 귀에 못이 박히게 듣던 말이다. 친정어머니는 늘 나에게 책의 중요성을 말씀해 주셨다. 벤저민 프랭클린(*Benjamin Franklin*)은 "독서는 정신적으로 충실한 사람을 만들고, 사색은 사려 깊은 사람으로, 글쓰기는 확실한 사람을 만든다."라고 했다. 또 영국의 계관시인 윌리엄 워즈워스(*William Wordsworth*)는 "책은 한 권 한 권이 하나의 세계."라고 했고, 시성 두보(杜甫)는 "사람은 모름지기 다섯 수레의 책을 읽어야 한다."라고 했다.

어릴 적부터 엄마에게 책의 중요성을 늘 들었지만 내가 더욱 책에 더욱 관심과 열정을 지니게 된 계기는 유럽 여행이었다. 내 생애 첫 프로 무대 공연을 마치고, 유럽으로 여행을 떠났는데 거기서 만난 나폴레옹은 충격적이었다. 키가 160센티미터도 되지 않는 나폴레옹이 한쪽 벽면을 다 채울 정도로 벽화로 그려져 있었다. 가이드는 나폴레옹에 관해서 설명했다. 가이드 설명을 통해 유럽을 평정한 나폴레옹은 전쟁터에서도 말 위에서도 책을 읽은 독서광이었다는 사실을 알게 되었다. 그가 일평생 읽은 책은 8천여 권이나 된다고 한다. 나폴레옹이 역사에 전쟁광이 아닌 영웅으로 기록될 수 있었던 것은 그가 독서를 통해 학식과 교양, 예술적 감각을 갖춘 덕분이 아닌가 생각한다.

어린 시절 학교생활에 적응하지 못했던 전 영국 총리 윈스턴 처칠(*Winston L. S. Churchill*)은 "나의 가장 큰 즐거움은 책 읽기였다."라고 했다. 내가 좋아하는 미국의 쇼 호스트 오프라 윈프리(*Oprah G. Winfrey*)는 미국에 독서 열풍을 일으킨 주역이다. 흑인 빈민가 출신으로 14살에 임신을 하고, 20대에 마약에 빠져 방황하면서 자칫 인생의 낙오자로 전락할 위기에 처했지만, 그녀는 고난을 극복한 흑인 여성의 삶을 다룬 책을 읽으며 성공을 다짐했다. 토크쇼로 유명 인사가 된 그녀는 지금은 세계 500대 부자에 꼽힐 정도로 성공한 여성 경영인의 대명사이다. 오프라 윈프리는 자신이 책 덕분에 인생을 개척할 수 있었던 만큼 자신의 토크쇼와 잡지 등을 통해 남다른 열정을 가지고 책 전도사 역할을 마다치 않았다.

우리 역사 인물 중에서 독서의 중요성을 몸소 보여주신 분은 세종 대왕이다. 세종의 독서법은 인간의 한계를 초월한 치열함으로 요약된다. 그의 독서법은 백독백습(百讀百習), 즉 100번 읽고 100번 필사하는 것이었다. 실제로 그가 왕자 시절에 동양고전을 백독백습 하다가 병에 걸리기까지 했다는 일화는 잘 알려져 있다. 왕위에 오르고서도 그의 치열한 독서는 그칠 줄 몰랐다. 조선 실학을 학문적으로 집대성한 대학자이며 520여 권의 저서를 남긴 다산 정약용도 독서광이었다. 그는 유배지에서의 18년 동안 독서로 학문을 체계화하고 520여 권의 저서를 남길 수 있었다. 그는 독서에 관해 이런 고백을 남길 정도로 독서를 좋아했다. “유배지에 도착해서 방에 들어가 창문을 닫고 밤낮으로 혼자 외롭게 살았다. 나에게 말을 걸어주는 사람 하나 없었기 때문이다. 그러나 나는 오히려 그런 상황이 고마웠다. 그래서 이제야 책을 읽을 여유를 얻었구나!" 하면서 기뻐했다. 다산에게 독서는 유배의 위기에 처한 자신의 상황을 도리어 행운으로 여기게 할 정도로 소중한 것이었다. 그는 독서를 자기 자신보다 더 귀하게 여긴 사람이었다.

모든 위대한 인물들은 책벌레들이다.

> "당신이 선택한 분야에서 일주일에 한 권씩 책을 읽는다면, 10년 후에 총 500권이 넘는 책을 읽는 셈이 된다. 그 독서량은 당신을 당신 분야에서 최상의 1%에 해당하는 인물로 만들 것이다."

짐 론(*Jim Rohn*)이 한 말이다. 이 말처럼 책에서 얻는 간접 경험은 우리의 삶을 풍요롭게 하고, 책을 통해서 만나는 무한한 세계는 창의력과 영감의 원천이 되어 최상의 1%의 인물로 키워준다. "성공한 사람들은 모두 독서가들이다."라는 서양 격언도 이런 사실을 잘 보여준다.

앞에 언급한 위대한 사람들의 예를 보더라도 독서는 콘텐츠를 만든다는 사실을 잘 알 수 있다. 정말 책 속에는 모든 것이 다 들어 있다. 이런 독서는 콘텐츠의 혁명이자 다른 사람의 경험과 지식을 통째로 빨아들이는 시간여행 같은 블랙홀이다. 이러니 독서량이 많은 사람이 콘텐츠가 풍부할 수밖에 없다. 풍부한 콘텐츠는 인생을 풍요롭게 할 뿐만 아니라 삶이 어려울 때는 중심을 잡아주는 근간이 된다. 또 콘텐츠가 풍부한 사람은 남다른 생각과 아이디어로 남보다 앞서가며 성공의 길에 이르게 된다.

내게는 매일의 독서가 인생의 콘텐츠를 만들어 주었다. 처음에는 아이들 책부터 읽었지만, 시간이 지나면서부터는 책의 분야를 다양하게 하면서 노트에 중요한 부분을 옮겨 적고, 필사도 하면서 체계적으로 독서를 하게 되었다. 그렇게 책을 읽으면서 도서관을 내 집처럼 이용하고 있다. 책을 읽을수록 지식이 쌓였고 아는 만큼 보인다고 알고 나니 더 호기심이 발동하고 관심이 생겨났다. 호기심과 관심은 또 다른 책을 찾게 했고 깊이는 깊어질 수밖에 없었다. 독서는 이렇게 나에게 콘텐츠의 폭을 확장했고 깊이는 더해 주었다. 그 콘텐츠로 나는 새로운 길을 미래를 설계하며 행복한 삶을 살고 있다. 언젠가 마임계에서 유명한 유종영 선생님의 공연을 보았을 때 큰 감동을 하고 가슴으로 울었다. 다른 마임연기자보다 기술적으로 뛰어난 묘기와 재주가 아니라 공연 자체에서 인생을 얻어가는 예술적인 가치가 보였다. 내가 가슴으로 울고 예술적 가치를 판단할 수 있었던 건 그 분야의 책을 읽고 그 분야에 관한 나만의 콘텐츠가 있었기 때문이다. 이렇게 나는 책을 통해서 또 다른 세계를 접하며 나만의 '힐링 예술'을 구축해가고 있다.

성공의 뇌를 만들어 준 독서

"독서가 정신에 미치는 효과는
운동이 신체에 미치는 효과와 같다."

- 리처드 스틸(Richard Steele)

나는 독서를 통해 내가 누구인지를 배웠다. 나의 본질을 알았고 살아갈 이유를 찾았다. 내가 그동안 왜 방황을 하면서 '배우'를 하려고 했는지를 정확하고 명쾌하게 알아낸 것이다. 그동안 내 삶이 그토록 어렵고 힘들었던 이유는 굉장히 부정적인 사람이었기 때문이다. 매사 부정적으로만 생각하니 뇌가 활성화되지 못했다. 그러나 독서를 통해서 다양한 지식과 삶의 지혜를 배우면서 긍정적으로 사고하게 됐다. 뇌에 변화가 일어난 것이다. 나를 옳고 바르게 보았고, 동생 그리고 친정어머니를 객관적으로 보게 되었다. 험난하다고 생각했던 나의 방황이 '독서'를 통해 한순간에 끝을 내고, 다시 태어난 것이다. 바로 뇌가 긍정적으로 바뀌면서 인생을 다시 일으켰다.

나의 변화에는 특히 『왓칭』(2011)을 읽은 게 큰 도움이 되었다.

그 책을 통해 나를 계속 지켜보면서 내가 가지고 있는 것이 무엇인지, 정확하고도 예리하게 판단하면서 나를 찾는 법을 알 수 있었다. 그리고 지금 당장 할 수 있는 일과 수행할 수 있는 능력도 점검할 수 있었다. 독서는 지혜롭게 판단하는 힘을 키우고 뇌가 긍정적인 방향으로 바라보도록 했다. 그러면서 삶을 즐겁게 바라보며 앞으로 나아가도록 하였다.

나는 독서하면서 다른 사람의 삶을 내 삶에 흡수했다. 그리고 나 자신이 가진 능력과 가치관을 토대로 해석하고 받아들였다. 자신이 가지고 있는 험난함을 극복한 사람들의 이야기가 내 이야기처럼 들리는 묘약을 크게 경험하기도 했다. 결국에 나는 책에서 만나는 다양한 삶을 경험하는 체험가가 되었고, 진정한 독서가가 되었다. 한마디로 나는 문해력이 부족했었다는 사실을 깨달았고, 다양한 삶을 읽고 접하면서, 해결책을 키워나가는 뇌로 바뀌었다. 내 경험을 보더라도 독서는 분명히 생각하는 뇌를 천재로 바꾸고, 인생을 스스로 일으키는 내면의 혁명을 준다.

독서를 집중해서 하다 보면 뇌가 폭발하는 시점이 있다. 그 지점에서 사람은 변화되고 움직이기 시작한다. 변화는 해결력을 스스로 찾아가며 키워준다. 하지만 폭발 시점은 예측하기가 힘들다. 의도적으로 폭발시킬 수도 없다. 독서량이 임계점에 도달하는 순간 스스로 폭발하기 때문이다. 나는 독서로 그 폭발을 경험했고 특혜를 받은 사람이다. 독서로 그동안의 해결하지 못한 인지능력을 향상했고 해결하고 싶은 일들을 이루어냈다. 내가 직접 경험한 만큼 책은 뇌를 천재로 바꾸어주는 게 틀림없다고 확신한다. '외상 후 성장'이라는 말이 있다. 나는 지금 그 경험을 하고 있다. 그런 만큼 내가 가진 약점이 극복되었을 때, 다른 사람들에게 위로가 되고 희망이 되겠다는 다짐을 지켜갈 것이다.

펜실베이니아 주립대학교 심리학자인 셰리 윌리스(*Sherry L. Willis*)와 그녀의 남편 워너 샤이에(*K. Warner Schaie*)는 '시애틀 종단연구(*Seattle Longitudinal Study*)'라는 프로젝트를 진행해 왔다. 그들은 1956년에 시작해서 40년이 넘는 시간 동안 6천 명가량의 사람들을 지속해 관찰했다. 시애틀에 있는 건강관리 단체에서 무작위로 선택한 실험 대상자들은 모두 건강한 성인들로 20세에서 90세에 이르는 다양한 연령층과 직업군을 갖고 있었다. 연구팀은 이들을 7년마다 검사해서 그들의 지능이 어떻게 변하는지를 지속해 살펴봤다. 그리고 그 결과 두뇌의 지능이 최고조에 달하는 시기는 20대가 아니라, 중년이라는 점을 밝혀냈다. 가장 복잡한 인지 기술을 측정하는 검사에서 40대에서 60대에 속하는 중년들이 받은 성적은 20대나 30대가 받은 성적보다 월등히 높았다. 검사에 사용한 범주들은 어휘력, 언어 기억, 공간 정황 테스트, 귀납적 추리 등이었다. 윌리스는 이를 토대로 쓴 『중간의 삶(*Life in the Middle*)』(1998)이란 저서에서 "남녀 모두 수행력이 절정에 도달하는 시기는 중년."이라고 자신 있게 밝히고 있다. 이 실험 결과처럼 나이가 들었다고 배움을 포기하거나, 새로운 것에 대한 호기심을 잃어버리지 않는다면, 사람의 두뇌는 죽을 때까지 배움을 멈추지 않을 것이다.

나는 뇌를 계속 써야 한다고 생각한다. 건강하게 오래 살고 싶다면 늘 자신과 주변 사람들을 위해 지적인 활동을 계속하는 게 좋다. 그런 점에서 나는 평생 공부하는 사람이 될 것이다. 늘 책을 읽고, 지적인 생활을 오래 한 사람일수록 장수한다고 한다. 평균수명이 40세 정도였던 16세기에 미켈란젤로가 90세까지 장수할 수 있었던 것이나, 80세까지 왕성한 지적 활동을 했던 괴테나 칸트도 이에 해당한다. 독서야말로 작은 서재나 벤치 위에 앉아서도 세계를 여행할 수 있고, 수천 년의 세월을 거슬러 올라가는 시간이동을 가능하게 한다.

독서는 수많은 사상가가 남겨놓은 문학과 작품을 통해 우리의 지성과 감수성이 깨어나는 일종의 자각 활동이다. 따라서 독서라는 행위는 곧 그 책을 쓴 작가의 의식과 세계로 들어가는 것을 의미한다. 다른 사람의 생각, 다른 시대, 다른 문화의 영역을 통해서 나를 풍부하게 만드는 인간만의 아주 특별한 행위가 독서인 것이다. 누구나 자신의 삶을 돌이켜 보면 확인할 수 있지만, 지나온 우리의 삶이 갈림길에 섰을 때, 그 길을 찾도록 인도해 준 것도 결국 한 권의 책이다. 이렇게 책 읽기는 뇌를 변화시켜 오래 살게 하기도 하고, 문제를 해결해주는 열쇠가 된다는 결론에 이르게 된다.

『책 읽는 뇌(*Proust and the Squid: The Story and Science of the Reading Brain*)』(2007)라는 책을 쓴 인지 신경과학자 매리언 울프(*Maryanne Wolf*)는 독서와 뇌의 연관성을 오랫동안 연구한 결과 독서는 뇌세포를 살린다면서 "독서란 뇌가 새로운 것을 배우고 스스로 재편성하는 과정에서 탄생한 인류의 지적인 발명."이라고 말했다. 그는 반복적인 책 읽기를 통해서 뇌에 인지적인 자극이 이뤄질 경우, 그것은 뇌세포에 활력을 주고, 심지어는 죽어가는 뇌세포를 살릴 수도 있는 놀라운 현상이 나타난다고 했다. 독서는 노인의 치매 발생률을 떨어뜨릴 수 있고, 스트레스의 감소에도 효과가 있다. 또 독서는 자기 성찰의 기능이 있어 자기를 돌아보는 거울이 된다. 삶과 죽음의 의미를 생각해 볼 수 있고, 지금까지 살아온 인생을 차분하게 되돌아볼 수 있는 성찰의 시간을 준다. 매리언 울프는 결론적으로 말한다.

> "책 읽기는 뇌를 변화시켜 창의적인 사람이 되게 하고, 나아가서 건강하게 오래 살게 하는 기능도 있다."

그러한 의미에서 책은 인류 문명사에서 가장 큰 힘이라고 할 수 있다. 인간은 책을 통해 자신이 살아가는 이유와 의미도 찾게 된다. 살아가는 이유를 깨닫는 순간 '뇌는 더 강렬하게 활성화된다.'라고 볼 수 있다. 그런 만큼 누구나 다시 천재로 다시 태어날 수 있도록 하는 게 바로 독서이다.

'최민정'이라는 이름의 내가 독서를 통해 다시 살아갈 이유를 찾은 것처럼, 긍정적인 독서의 힘을 얻기 위해서는 독서를 삶의 습관처럼 받아들이는 것이 필요하다. 지적인 활동을 통해서 더욱 활성화된 뇌의 기능은 사람의 신체를 더욱 활기 있게 유지한다. 내 경험은 물론 앞에서 언급한 많은 연구와 실험을 보더라도 현재 삶이 힘들다면 이를 극복하기 위해서는 독서부터 시작해야 한다. 성공과 실패의 차이는 다른 데 있지 않다. 성공한 사람은 성공을 위해 바로 도전하고 실천하는 반면 실패하는 사람은 불만만 가득할 뿐 행동하지 않는다. 성공하고 싶다면 뇌를 바꾸어라! 독서가 당신을 성공의 뇌로 이끌어줄 것이다.

독서는 내 인생의 힐링 테라피

"지독한 절망에 빠진 자에게 한 권의 책은
언제나 고통을 치유해주는 신비한 능력이 있다.
인간은 누구나 삶의 전환점에
한 권의 책을 손에 쥐고 있다."

– 이디스 해밀턴(Edith Hamilton)

독서하다 보면 모든 것이 다 치료되는 느낌이 든다. 독서가 나에게는 위로의 말을 내게 건네기도 하고, 나를 대변하듯 내 맘에 품은 말을 하는 느낌이 든다. 그래서 내겐 독서가 인생 힐링 테라피이다. 가보지 못한 세계에 갈 수 있는 독서는 무한으로 나를 여행할 수 있게 도와준다. 나에게 독서는 상상의 세계를 넘어 미지의 세계까지 이끄는 마력이 있는 치유제이다. 나를 지운 듯이 모든 것을 잊고 책에 도취할 때 기쁨은 겪어보지 않은 사람은 알 수 없다. 나는 중학교 1학년 때 읽은 홀로 여행을 떠나서 인도 여행을 다닌 김정미 작가의 책 한 권이 아직도 뇌리에서 지워지지 않는다. 흑백 사진이었지만 이국적인 궁전도 낯선 곳에서 혼자 도전하는 여성의 좌충우돌하는 경험담은 내겐 너무 큰 재미가 있었다. 그때 나는 혼자였는데 기억은 잘 나지 않지만, 조용히 뚝딱 한 권을 보았던 기억이 난다. 정말로 현실을 잊고 너무나 행복했던 기억으로 남는다.

버나드 쇼(*G. Bernard Shaw*)는 인생에 대해 "사람들은 항상 그들의 현 위치가 그들의 환경 때문이라고 탓한다. 나는 환경을 믿지 않는다. 이 세상에서 출세한 사람들은 자리에서 일어나 그들이 원하는 환경을 찾은 사람들이다. 그리고 그들이 원하는 환경을 찾지 못하면 그들이 원하는 환경을 만든다."라고 말했다. 나는 버나드 쇼의 말처럼 환경을 믿지 않는다. 나는 몸과 마음이 행복한 시간을 만드는 사람이 되었다. 그래서 책을 쓰면서 원하는 책을 마음껏 읽을 수 있는 환경을 만든다. 즉, 나만의 힐링 테라피 시간을 스스로 확보하는 것이다. 내가 가지고 있는 주변환경과 몸과 마음의 상태를 준비하고 말이다. 그렇게 차곡차곡 쌓인 독서 시간과 책을 쓰는 시간은 나를 치유하고, 행복하게 그리고 기쁘게 해주었다.

나는 현란한 글쓰기를 할 수 있는 작가가 아니다. 나의 능력을 알기에 그저 내가 갈 수 있는 만큼만 독서하고 글을 쓰면서 힐링중이다. 치유란 그저 모든 번뇌를 잊고 나아갈 힘을 주는 것이다. 마음을 살피는 독서는 그렇게 내게 내면의 아름다움이 무엇인지 알려주었다. 그래서 책은 내게 큰 힐링 테라피이다. 특히 『완벽에의 충동』(2006)에서 제2장 '고난은 신의 선물이다'라고 하는 부분을 읽다가 큰 용기를 얻었다. 이때가 내 인생이 힘들고 어려울 때여서 더욱 절실하게 다가왔다. 책에서는 "가혹한 시련이 나를 단련한다."라고 고백하며 인생의 시련을 극복하고 일어난 칭기즈칸의 인생 고백과 오프라 윈프리, 에이브러햄 링컨 등 역경을 딛고 일어난 사람들의 이야기가 나오는데, 이는 내게 다시 일어날 수 있는 용기와 희망을 주었다.

나는 친정아버지께 조언받으며 성장해 왔었다. 아버지가 밀착 코칭을 내게 해주었기에 부족한 내가 연기자라는 꿈을 꾸고 앞으로 나아갈 수 있었다. 아버지는 내가 배우 이순재 교수님의 제자라는 사실에 배운 대로 믿고 하나씩 나아가라는 조언을 하셨는데, 그 말을 나는 아직도 생생하게 기억하고 있다. 어떤 일이 있어도 나이가 들었다는 핑계를 댈 수 없도록 대사를 완벽하게 외우고 표현하도록 쉼 없이 노력한다는 이순재 교수님의 살아있는 경험을 직접 듣고 배웠다. 그때 현장에서 어떻게 해야 하는지를 배울 수 있었고, 꼭 그런 배우가 되고 싶었다. 그러나 나의 내면의 빈약함은 아버지가 계시지 않게 되자 그 어떤 누구에게 조언을 구해야 할지도 모르는 막막한 상황이었다. 모든 것을 포기하고 싶을 때, 나는 책을 읽으며 나아가고 싶었다. 책은 포기하고 싶을 때 포기하는 마음을 버리게 했다. 바로 그때 만난 책이 『그래도 계속 가라』(2021)이다. 그 책을 읽다 "폭풍이 몰려오는 것은 너를 쓰러뜨리려고 하는 것이 아니라, 오히려 너를 강하게 하기 위함이다."라고 하는 구절이 특히 마음에 와 닿았다. "앞을 향하여 내디딘 한발이 어떤 폭풍우보다 강하다."라는 구절도 내가 힘들고 어려워서 한 걸음도 내디딜 수 없을 때, 한 걸음 더 한 걸음을 떼게 한 구절이다.

열거한 몇 권의 책들 외에 수많은 책이 내 인생의 순간순간마다 내 인생 여정을 이끌어준다. 그러한 의미에서 이디스 해밀턴(*Edith Hamilton*)의 말은 참 설득력이 있다.

> "지독한 절망에 빠진 자에게 한 권의 책은 언제나 고통을 치유해주는 신비한 능력이 있다. 인간은 누구나 삶의 전환점에 한 권의 책을 손에 쥐고 있다."

케네디가 갑자기 암살로 죽고 나서 동생 로버트 케네디(*Robert F. Kennedy*)는 인생의 큰 좌절과 절망을 겪었다고 한다. 그동안 믿고 의지하던 형이 갑자기 죽었기 때문이었다. 그때 형수인 재클린이 로버트 케네디에게 건네준 책 한 권 『고대 그리스인의 생각과 힘(*The Greek Way*)』(1930)가 로버트 케네디를 다시 일으켰다고 한다.

나는 사는 게 힘들어 모든 걸 포기하고 싶을 때가 있었다. 그때 퀵서비스 업체를 운영하는 사장님으로 오랫동안 한 사무실에서 늘 한결같이 신문을 보면서 자료를 수집하시며 내가 어떻게 나아가야 하는지를 알려주시고, 미래에 내가 원하는 배우를 할 수 있게 자신의 모든 것을 포기하셨던 친정아버지가 생각났다. 나에게 헌신적인 아버지 때문에 포기할 수 없어 아버지 말씀과도 같은

『그래도 계속 가라(*Keep Going*)』(2006)라는 책을 만났다. 그 책으로 위로받고 용기를 얻으며 일어설 수 있었다. 이처럼 나의 힐링 테라피는 바로 책이었고, 독서였다. 결국, 치유는 나의 분신 같은 조언자가 있는 책을 통해 이루어졌고, 책은 치유를 넘어 새로운 세계를 만나게 한다는 생각마저 들었다. 내가 믿고 의지하는 독서는 이렇게 감당할 수 없는 그 어떠한 시련도 이겨낼 수 있도록 지도하는 마음의 지표였다.

당신에게 혼자 풀지 못하는 숙제가 있는가? 자신이 묻는 답을 책에서 찾을 수 있다는 사실을 알자. 나는 인생의 고비가 있을 때마다 책을 가까이하였고, 그때 만난 책들이 나의 인생을 이끌어 주었다. 당신이 지금 읽고 있는 책도 결국 당신을 새롭게 일으키는 데 사용될 수 있다는 사실을 알기 바란다. 책은 힘이 있고 끝이 좋다. 인생이 흔들리거나 고통스럽거나 방향을 찾고자 할 때 책을 펼쳐보자. 당신의 지금껏 찾지 못한 길을 보여줄 것이고 당신 삶의 동반자가 되어줄 것이다. 인생의 고비일수록 책을 만난다면 그 책이 당신의 인생이 고비를 넘도록 이끌며 새로운 세계로 안내할 것이다.

두 번째 미라클 맵

책 쓰기 치유법

1. 쓰기의 핵심은 필사다

2. 책 쓰기로 빛나는 인생의 시작을 열다

3. 명작은 고난의 때에 나온다

4. 내 꿈에 다가서게 한 책 쓰기

5. 책 쓰기로 여는 행복의 문

쓰기의 핵심은 필사다

"글을 잘 쓰기 위해
필사는 꼭 필요한 연습입니다.
또한, 필사는 정독 중의 정독입니다."

- 조정래

어떤 이의 글을 필사하다 보면 그 글의 기운이 내게 들어온다. 그 사람의 생각이나 깨달음이 내 마음을 노크하며 들어온다. 오늘 아침에도 필사하면서 한 인물이 내게 들어온 듯한 느낌이 들었다. 그렇게 필사하면서 깨달음을 얻고 사람도 만나지만 이해력 또한 향상되었다. 이해력이 높아지니 읽기가 더 쉬워지고 더 많은 책을 읽는 추진력도 생긴다. 다음 필사할 책으로는 『세상에서 가장 작은 임금님』(2017)을 정해 놓았다. 귀엽고 할 말 다 하는 임금님 이야기 속에 빠져 행복한 시간을 보낼 예정이다.

쓸수록 느는 게 글이라고 글을 쓰면 쓸수록 더 쓰고 싶어진다. 손이 아플 정도로 쓰고 싶고, 뭔가 적고 싶은 내 마음은 평생 작가를 꿈꾸는 내게 소중한 밑천이 되었다. 나는 필사하며 가슴에 글을 집어넣는다. 그리고 생각한다. 이런 생각과 저런 생각을 접하며 다양한 관점을 만들어 내는 통찰력을 얻고, 내 생각을 글로 표현하는 어휘력을 얻는다. 필사를 통해 글쓰기에 필요한 많은 것을 배우다 보니 쓰기의 핵심은 필사라는 생각이 절로 든다.

필사하다 보면 내 생각과 겹치는 내용이 나오고 서로 물들어지는 지점부터 쓰기는 탄력을 받는다. 또 필사하다 보면 아이디어도 나오고, 지금 해야 할 일이 무엇인지 알게 된다. 나는 일단 좋은 문구를 수집한다. 문장 수집이라고나 할까? 나를 견디게 하는 것은 늘 글이었기에, 습관적으로 나는 메모하고 읽는다. 오늘도 내가 좋아하는 글 "책은 인생을 견딜 수 있게 한다."를 필사하며 나는 오늘 하루도 보람차게 보낸다.

나는 아이들을 정말 좋아한다. 그래서 아이들과 같이 읽는 책에서 많은 깨달음을 얻는다. 직접 읽으면 상상의 세계가 무궁무진하게 커져서 재미있다. 동화로 만들어 보고 싶은 대사를 적어본다. 유튜브에 나오는 영상을 노래처럼 따라 한 내용을 필사하는 것도 즐겁다. 적어둔 글을 다시 필사하기도 한다. 글을 쓰면 언제나 행복하고 내가 존재하는 게 느껴진다. 쓰는 즐거움은 이렇게 일상에서부터 하나씩 써 내려가는 것이다. 가만히 앉아서 필사하면 마치 글로 여행을 하는 듯하고 한 걸음씩 내 몸과 마음을 스쳐 가는 즐거움이 있다. 행복하다.

책을 쓰는 일은 인생을 쓰는 일이라고 말하고 싶다. 그런 책 쓰기에는 필사가 그 시작이다. 나는 『그래도 계속 가라』라는 책을 필사하면서 나를 기쁘게 받아들였다. 충격적인 나를 만나고, 아파하지 않고, 단단하게 견디고, 이겨내야 한다는 마음이 들었고, 당당히 일어서 누군가에게 본보기가 되어야겠다는 생각마저도 들었기 때문이다. 무조건 앉아서 전투적인 자세로 필사하고 글쓰기를 하는 건 내 인생을 쓰는 일이다. 그렇게 내 인생을 쓰며 나는 무한 성장한다.

"인생은 너를 더욱 강인하게 만들어 줄 거야. 강인함이란 삶의 폭풍에 용감하게 맞서고, 실패가 무엇인지 알고, 슬픔과 고통을 느끼고, 비탄의 구렁텅이에 빠져보고 나서야 얻을 수 있단다. 너는 폭풍 속에서도 일어서야 한단다. 바람과 추위와 어둠에 용감하게 맞서야 해. 폭풍이 부는 이유는 너를 쓰러뜨리려는 것이 아니라 사실은 네게 강해져야 한다는 가르침을 주려는 거야!"

나를 사로잡은 문장이다. 이 문장을 필사하면서 나는 전율이 왔고, 힘이 필요할 때마다 이 문장을 또 필사하며 위로와 용기를 얻는다. 이 문장이야말로 나를 일으켜 내가 나를 중심에 두고 나아가게 하는 문장이다.

'책 쓰기'는 예술 활동이다. 자신을 만들기 시작해서 완성하는 일이다. 내가 책 쓰기를 할 수 있었던 제일 중요한 원동력은 필사였다. 필사는 내가 누구인지를 알게 해주었고, 동행하는 삶의 가치를 깨닫게 해주었다. 자연히 책 쓰기에 관심이 생겨났고 나도 책을 쓸 수 있다는 자신감도 붙었다. 책 쓰기가 쉽지만은 않았지만, 그동안의 독서와 필사를 통해 얻은 지식과 통찰이 큰 도움이 되었다. 특히 그동안 모아둔 필사한 자료들은 책 쓰기가 끝날 때까지 보물창고 같은 역할을 하였다. 그런 나는 사람들에게 '필사 모으기'를 권하고 싶다. 언제든 꺼낼 수 있는 필사 글을 계속 모은다면, 어떤 글도 쓸 수 있으며 글이 막힐 때 길을 열어주기 때문이다. 이렇듯 필사는 자기 자신과 만날 수 있고, 글쓰기나 책 쓰기를 할 때 아이디어나 생각을 끌어낼 수 있는 쓰기의 핵심이다.

나에게 큰 도움을 준 아리나 작가는 정말 필사를 잘하고 각종 공모전에 응모도 잘한다. 아리나 작가는 바쁜 와중에도 사업을 하고, 늘 서재를 지키며 자신만의 필사하며 글을 보관하는데, 내가 닮고 싶은 그녀의 장점이다. 필사부터 차근차근 준비하는 아리나 작가는 좋은 글로 누구에게나 지혜를 선물해주는 아름다운 작가의 길을 걸을 것이다. 나 역시도 필사를 멈추지 않고 계속 갈고닦으며 더 완성도가 높은 세 번째, 네 번째 책을 내려고 한다.

필사부터 해보자. 꾸준히 필사하다 보면 어느 순간 나의 글이 나오기 시작하고 가치관이 정립되는 기쁨을 누릴 수 있을 것이다. 또한, 더욱 명료한 생각을 품게 해줄 것이다. 명료한 생각과 정립

된 가치관은 다른 사람들에게 공감을 얻는 좋은 글을 쓰게 해줄 것이며, 그만큼 자신은 인정받고 성장할 것이다. 필사라고 하면 어렵게 생각할 수도 있으나 그렇지 않다. 책을 읽든 강의를 듣든 자기 마음에 와닿는 글이 있다면 그대로 적어보는 게 필사다. 필사가 단순히 쓰기만 하는 일 같지만 그렇지 않다. 읽고 듣는 것과는 다르게 글을 쓰면서 글의 내용이 자신도 모르게 몸과 마음에 새겨진다. 우리를 일깨워지는 좋은 내용의 글이 몸과 마음에 새겨지는데 변화가 없을 수 없다. 필사는 이처럼 책 쓰기나 글쓰기의 기초이기도 하지만 자기 삶을 변화하는 시작이기도 하다. 다시 강조한다. 쓰기의 핵심은 필사이다. 이 사실을 온몸으로 느껴보자.

책 쓰기로 빛나는 인생의 시작을 열다

한 권의 책을 쓰는 것은
인생을 브랜딩하는 최고의 방법이다.

– 박성배, 『내 인생을 다시 쓰는 책 쓰기』(2021) 중에서

인생에는 방향 설정이 중요하다. 자신을 적어내면서 인생의 방향을 찾는 것이 책 쓰기이다. 책 쓰기는 다방면의 사람들과 대화하면서 인생의 길을 찾을 수 있다. 새로이 자신을 만나는 책 쓰기는 빛나는 인생의 시작이 될 수 있다. 당장 자기 삶을 다시 세우고 싶다면 책 쓰기를 해보면 된다. 인생에 필요한 지혜를 스스로 정리하면서 새로운 삶의 길에 들어설 수 있기 때문이다. 이런 책 쓰기는 어렵지 않다. 단순하다. 내가 가지고 있는 것을 쓰면 되고, 부족하면 찾아서 발견하면서 써 내려가면 된다. 그렇게 나의 책이 완성되기 시작한다. 이런 책 쓰기는 그때까지의 인생 정리일 뿐 아니라 이후의 인생을 다시 세우는 일이다.

두 번째 책 쓰기를 하면서 찾은 작가 중 하나는 박성배 작가님

이었다. 자신의 경력을 버리고, 책 쓰기에 몰입하는 모습이 내게는 큰 자극이었다. 그리고 누구에게나 책 쓰기 코칭의 문을 열고 성심껏 가르쳐줄 분도 찾았다. 바로 하나님의 말씀대로 살아가려고 노력하며 웃는 모습이 선한 분이었다. 바로 박성배 작가이다. 박성배 작가는 내가 길을 헤매더라도 마음을 스스로 잡을 수 있도록 이끌어서 여기까지 올 수 있게 해주었다. 나는 사랑하는 엄마와 같이 책 쓰기를 하고도 싶었으나 뜻대로 되지는 않았다. 언젠가 다시 함께할 수 있을 거라고 믿는다. 결국, 엄마 없이 두 번째 책 쓰기를 하며 발전하는 작가가 되어가고 있다. 꾸준함을 믿고 자신을 돌보며 나아가는 작가로 말이다.

내 안에 가진 폭발적인 재능을 끌어내는 작업을 할 때면 이루 다 표현할 수 없는 희열을 느낀다. 책 쓰기가 바로 그런 희열을 안겨주었다. 무엇보다 나 자신을 용서할 기회도 책 쓰기를 통해 얻었다. 책 쓰기를 하다 보면 그만큼 자유롭게 흘러가는 내 글에 도취하기도 하면서 희망과 자신감이 불끈 치솟기도 한다. 이런 책 쓰기는 나를 챙기고, 나를 보는 눈을 기르는 심오하고도 깊은 변화의 시작이며, 희망의 걸음이라고 자신 있게 말할 수 있다.

앞으로 당신은 목표를 정하고, 바라보고 싶은 방향이 있는가? 그 방향을 이루고자 하는 빛나는 인생을 자기 자신이 설계하고 싶은가? 그렇다면 스스로 그것을 선택하고 의식적으로 실행해야 한다. 그 실행 중 최고가 책 쓰기라고 생각한다. 책 쓰기는 자신의 인생 지도를 만드는 일이다. 인생 지도를 만든다는 건 모든 것을 내려놓고 처음부터 새로 설계하며 올바르게 선택하는 삶을 의미한다. 인생 지도가 만들어지면 자신이 선택한 대로 하나씩 이뤄나가는 삶이기에 후회가 없다. 혹 선택이 잘못됐더라도 미련 없이 되돌아와 자신의 길을 당당히 걸어갈 수 있다. 이 모두가 책 쓰기가 주는 선물이며 나 역시도 책 쓰기로 빛나는 인생이 시작되었다.

사람은 누구나 빛나는 인생을 살려면 자신의 변화가 필요하다. 변화하는 방법이야 여러 가지이지만 책 쓰기야말로 가장 강력한 변화를 이끄는 방법이다. 자신의 인생을 글로 풀어내는 책 쓰기는 자기의 모든 것을 내려놓고 자기 모습 그대로를 만나게 한다. 이때 자기 내부에서 격렬한 갈등이 생기기도 하지만 이를 넘어서면 변화가 시작된다. 나 역시도 마찬가지였다. 변화의 희망보다는 부정적 감정이 먼저 꿈틀거렸다. 나는 이때 『감사하면 기적이 온다』가 알려주는 부정적인 감정의 소용돌이에서 벗어나는 5단계를 적용하여 벗어날 수 있었다. 그 5단계는 바로 '멈춤', '들어감', '바라봄', '예측', '변화'이다. 나는 이를 이용해 부정의 소용돌이를 벗어났고 이후에는 책 쓰기에 집중할 수 있었다.

나를 변화시키는 데는 책 쓰기가 답이었다. 내 모든 것을 쏟아낼 수 있는 일이었고, 그 어떤 누구에게도 말하지 못 하는 일들을 쓰면서 카타르시스를 느꼈으며, 세상에 합류할 수 있는 발판이 되었다. 책 쓰기를 통해 나는 그 누구보다 느리지만, 한 걸음씩 나아갈 수 있다는 사실을 깨달았고, 나를 다독이며 살아가는 방법도 알게 되었다. 책 쓰기는 나라는 사람이 좋아하는 것들을 알게 하였고 좋아하는 일을 하며 행복하게 사는 사람이 되도록 하였다.

책 쓰기를 하기 전까지 솔직히 우선순위를 모르고 살아왔다. 목표도 순서도 없이 살아왔던 내가 책 쓰기 이후에 정말 중요한 삶이란 내가 살아가는 삶이란 걸 알게 됐다. 스스로 빛나려면 스스로가 선택한 삶에 충직하고 아름답게 노력해야 한다는 점도 배웠다. 책 쓰기는 스스로 '정말 중요한 것이 무엇일까?', '내가 할 수 있는 최선은 무엇일까?'를 묻도록 했고, 나는 그 물음에 이렇게 결론을 내렸다. '책 쓰기가 나를 구했어. 작가 하길 잘했어!'

이처럼 자신의 삶을 살자. 그러기 위해 책 쓰기에 도전하자. 책 쓰기가 반드시 빛나는 삶을 만들어 줄 것이다. 당신 인생이 차곡차곡 브랜딩 되도록 이끌어 줄 것이다.

명작은 고난의 때에 나온다

"시험은 우리의 믿음과 인격, 참을성을
한 단계 끌어올리기 위한 하나님의 방법이다."

- 조지 오웰(George Orwell)

"'이 모든 것이 재미있는 전쟁놀이'라고 생각하면 모든 것에 무한감사가 시작된다."

『감사, 감사의 습관이 기적을 만든다』(2015)에서 아빠가 아들에게 들려주는 말이다. 나는 책 쓰기를 하기 전 여러모로 힘들고 어려운 상황에 처해 있었다. 한데, 책 쓰기를 하면서 유명 작가들의 명작 대부분이 작가가 고난받던 시기에 쓰인 걸 알 수 있었다. 그러면서 차츰 힘든 상황이 나를 단련하는 시간이라는 생각이 들었고 비관하기보다는 오히려 감사하는 마음도 생겨났다. 힘들어도 매사에 단련하는 과정이라는 마음이 생기다 보니 어떤 어려운 상황에서도 희망이 보였다.

나는 가장 힘든 시기에 책 쓰기를 하고 작가가 되었다. 힘든 상황에서 책 쓰기가 나에게 큰 선물이 될 것이라고 긍정적으로 받아들이며 겸허히 글을 썼다. 쓰는 과정에서 '나'라는 사람이 존재했고 내가 누구인지 정확해졌다. 세상에서 먼지만큼이나 작은 존재라고 생각했던 내가 중요하게 쓰일 사람임을 증명해주었다. 내 존재의 소중함을 깨달으니 세상을 살아가야 할 일도, 감사해야 할 일도 너무나 많았다.

내가 어떤 사람인지 깨닫고 눈에 들어오기 시작하니 그동안 보아왔던 세상도 다르게 보였다. 다른 세상에서는 나보다 힘들어하는 이들도 많았고, 내가 누군가를 위해 할 수 있는 일도 많았다. 나를 바로 보고 세상을 다르게 보니 객관적 판단 능력도 길러졌다. 다시 나를 세우려면 어떻게 해야 하는지, 그 방법도 명확하고 깊이 있게 선택할 수 있었다. 이런 변화의 바탕에는 고난을 담금질하는 과정으로 받아들이며 늘 긍정적으로 감사하는 마음이 있었다. 이런 마음은 나를 더욱 성장하게 했고 성장은 나를 더욱 단단하게 하며 선순환했다.

"하늘은 사람을 쓰기 전에 혹독하게 훈련한다."라고 맹자는 말했다. 내가 초등학교 5학년 때 연극에서 맡은 배역 베토벤은 청력을 잃은 이후부터 오히려 명작의 숲으로 걸어 들어가기 시작하였다. 밀턴(*John Milton*)은 시각 장애를 극복하면서 『실낙원(*Paradise Lost*)』(1667)을 썼고, 영국의 소설가 로버트 루이스 스티븐슨(*Robert*

L. Stevenson)은 폐병을 앓으면서도 『보물섬(*Treasure Island*)』(1883)을 썼다. 모든 명작은 글을 쓴 사람들이 고통스러움을 극복하면서 썼다. 2014년 KBS에서 방영된 역사 드라마 「정도전」에서 주인공 정도전이 나주로 유배를 떠나는 장면이 있다. 그때 친구인 정몽주가 정도전에게 해준 맹자의 말이 있다. "하늘은 장차 큰일을 맡기려는 사람에게는 먼저 고난을 통해서 그만한 사람을 만든다."라는 내용이다. 그 맹자의 말대로 정도전은 나주에 유배를 가서 9년간 말할 수 없는 고난을 겪는다. 그는 9년간 갖은 고난을 겪으면서 백성들의 삶을 이해하는 위민사상가로 거듭난다. 정도전을 일개 사대부에서 위민사상가로 거듭 태어나게 한 것은 바로 9년간의 고난의 시간이었다.

인생에서 깊이 있는 명작은 고난의 때에 만들어진다. 지난 몇 년간 책을 통해서 또 만남을 통해서 알게 된 사람들 역시 그랬다. 그 이유는 인생의 고난의 때에 자신을 깊이 돌아보면서 깊이 있는 인생의 통찰을 하기 때문이다. 우리가 잘 아는 정약용의 삶 역시 그렇다. 다산 정약용의 『목민심서(牧民心書)』가 만들어진 시기는 강진에서 유배를 보낸 18년간의 고난의 때였다. 깊이 있는 인생은 고난의 때에 만들어진다는 사실을 정약용은 잘 보여준다. 빨리 가는 것이 성공이 아니다. 지금 내 삶에 고난이 있다면 오히려 깊이 나를 돌아보는 시간으로 삼자. 깊이 있는 인생은 고난의 때에 만들어진다는 사실을 새기면서….

존 번연(*John Bunyan*)은 12년간 베드퍼드 감옥(*Prison Bedford*)에 있

으면서 『천로역정(*The Pilgrim's Progress*)』(1678)을 썼다. 『천로역정』에는 유혹과 고난에 대한 심오한 통찰이 담겨있다. 감옥 생활의 경험이 인간의 죄성에 대한 깊이 있는 인식을 하게 하고 하나님의 경이로운 구원 계획을 묘사하는 데도 도움이 되어 불후의 명작을 남길 수 있었다. 도스토옙스키(*F. M. Dostoevsky*)가 자신의 인생 철학을 다듬고 여러 이야기와 소설의 줄거리를 구상한 것도 4년간 시베리아 수용소에 있을 때였다. 감옥 생활을 겪었든 그렇지 않든 도스토옙스키는 작가였을 것이다. 그러나 수용소에서의 경험이 없었다면, 그는 깊은 통찰력으로 글을 쓰지는 못했을 것이다. 어떻게 보면 감옥이라고 하는 역경의 때가 힘든 시간이기는 하지만 인간의 영혼을 깨워 믿음의 작가로 거듭 태어나게 하는 시간이 된 것이다.

네비게이토(*The Navigators*)를 창시한 다우슨 트로트만(*Dawson Trotman*)은 "하나님은 준비되지 않은 사람을 쓰신 일이 없고, 준비된 사람을 쓰시지 않은 일도 없다."라고 말했다. 사무엘 브렝글(*Samuel L. Brengle*) 역시 "귀중한 사람들은 승진에 의해서가 아니라 광야 훈련을 통해서 세워진다."고 말했다. 역사의 인물들과 성경의 인물들 역시도 한 사람도 예외가 없이 귀중하게 쓰임 받기 위해서는 '인생이 깊어지는 특별한 시간'을 보낸다. 처절한 유배의 시간 9년 동안 추사 김정희는 절박한 심정으로 독서를 하고 자신만의 글씨체인 추사체를 완성했다. 바울은 아라비아에서 3년간 깊은 묵상의 시간을 보냈다. 소프트뱅크 창업자 손정의는 젊은 시절 회사를 창업해 놓고 시한부 판정을 받아 병원에 입원해 있었다. 그 때 병상에서 4,000여 권의 책을 읽고 준비한 것이 오늘날 일본 제일의 부자 손정의를 만들었다. 스티븐 킹(*Stephen E. King*)은 10여 년의 무명작가 생활을 거친 후에야 『쇼생크 탈출(*Rita Hayworth and Shawshank Redemption*)』(1982) 등의 대작을 쓰게 되었다. 일터 사역을 시작한 오스 힐먼(*Os hillman*)도 7년의 고난을 겪은 후에 전 세계 15개국 이상을 여행하면서 일하는 일터 사역자가 되었다. 만델라(*Nelson Mandela*)는 27년 6개월의 로벤섬(*Robben Island*)에서의 광야 수업을 통해서 준비된 다음에 남아공 통일의 큰 그릇으로 쓰임을 받았다.

역사와 성경의 인물들은 한 사람도 예외가 없이 '인생이 깊어지는 특별한 시간'을 보냈다. 그들은 자신 앞에 닥친 인생의 위기를 새로운 눈으로 바라보고 오히려 기회를 창조하는 도약의 기회로 삼았다. 그들은 모두 자신의 인생 앞에 닥친 위기의 때에 독서로 자기 생각을 깊게 하였다. 글을 쓰면서 미래의 희망을 써 나갔다. 지금 내 앞에 인생의 고난이 있는가? 그 시간은 분명히 하나님이 내 인생을 더 귀하게 다듬고 준비하여 쓰시고자 하는 특별한 시간일 것이다. 나는 지난 3년간 고난의 시간을 겪고 책을 쓰면서 내게 찾아온 고난의 시간을 오히려 특별히 도약할 수 있는 전화위복의 시간으로 만들었다. 다시 말하지만, 모든 위대한 사람들은 모두 고난이라고 하는 시간을 '인생이 깊어지는 특별한 시간'으로 승화시켰던 이들이다.

나는 한동안 너무나 아프고 힘든 시간을 보냈다. 그때는 세상을 원망하고 내가 죽을 만큼 싫었지만, 독서를 통해 고난이 도약을 만든다는 사실을 알고 난 이후에는 그 아픈 시간 동안 나를 깊이 돌아보는 시간으로 만들려고 애썼다. 나 자신을 끌어안고 토닥이며 책을 볼 때도 온 정성을 다해 읽었고, 고난을 겪고 일어났던 사람들의 이야기를 읽고 쓰면서 세상을 배웠다. 그렇지만 완전히 벗어날 수는 없었다. 하지만 그런 내가 책 쓰기를 하면서는 완전히 벗어날 수 있었다. 그 고난과 아픔의 시간 자체가 나의 인생을 풍요롭게 하고 작가로서 예비하신 하나님의 계획임을 깨달을 수 있었다. 깊이 있는 인생은 고난의 때에 만들어진다는 사실 역시도 책 쓰기를 하며 온몸으로 깨닫게 되었다.

'책 쓰기'를 통해 고통을 덜어낸 한 사람인 나는 고난은 어쩌면 모두가 한 번쯤 겪어야 하는 통과의례라고 말하고 싶다. 그리고 그 고난이 아무리 크더라도 자신에게 주어진 삶의 의미와 질서를 새롭게 해주는 신호라는 사실을 받아들이는 지혜가 필요하다고도 말하고 싶다. 책 쓰기를 통해 나 자신을 바로 알고 거듭 태어난 나는 내 인생에 감동하며 오늘도 글을 쓴다. 책 쓰기를 통해 나는 하나님도 다시 만날 수 있었다. 다시 제대로 만난 하나님은 나에게 그 믿음을 보고 놀라운 역사를 행하신다는 사실을 받아들이게 하고, 고난도 축복으로 받아들이는 믿음의 사람으로 만들었다.

내 꿈에 다가서게 한 책 쓰기

"나는 삶을 변화시키는 아이디어를
항상 책에서 얻었다."

– 벨 훅스(Bell Hooks)

누구나 살아가면서 원하는 게 있다면, 꿈을 이루는 것이다. 나 역시도 마찬가지였다. 하지만 꿈을 이루는 건 쉬운 일이 아니고, 삶은 여러 상처로 멍들기 마련이다. 상처 입은 마음을 치유하면서 자기가 바라는 꿈에 다가서는 방법의 하나는 책 쓰기이다. 책 쓰기는 상처받은 아픔을 차근차근 치유하면서 새로 시작할 수 있도록 이끌어준다. 나 역시도 아픈 상처가 많았지만, 책 쓰기를 하면서 상처를 치유하고 내가 바라던 꿈에 다가설 수 있었다. 나는 책 쓰기를 하는 동안 자신을 아프게 했던 막연한 꿈들을 미련 없이 놓아주었다. 막연한 꿈을 내려놓자 구체적인 꿈이 생겼고 하나씩 단계를 밟다 보면 이루어질 수 있다는 것을 책 쓰기를 하며 알 수 있었다. 책 쓰기는 비전을 갖고 자신의 꿈을 이룰 수 있도록 도와주며 실천하게 하는 도구였다.

글이라는 것은 아무에게도 말하지 못한 자기의 마음을 써 내려가는 작업이다. 그 누구도 들어주지 못하는 고통을 들어준다. 그렇게 자기의 아픈 마음을 글로 분출하다 보면 자기 자신과 진심으로 만나면서 흐트러진 내면이 정화된다. '책 쓰기'는 이렇게 내면을 정화하는 도구가 되어 아픔을 치유해준다. 나는 책을 읽고 필사하며 책을 쓰는 과정에서 불순물처럼 내면을 혼탁하게 한 나의 모든 것을 정화했다. 한마디로 책 쓰기는 나의 인생을 통째로 치유하는 마법사였다. 지금에 와서는 과연 내가 책 쓰기를 하지 않았으면 온전히 살아갈 수 있을지 의문이 들 만큼 나는 책 쓰기를 통해 새 삶을 시작했다. 내 인생에서 책 쓰기가 없었다면 나는 여전히 계속해서 스스로 상처입히고 아파하며, 그저 흘러가는 대로 감정을 주체하지 못하고 흔들거리며 살고 있을 것이다.

영국 출신의 세계적인 심리학자이며, 자연건강요법 치료사인 아담 잭슨(*Adam J. Jackson*)은 이렇게 말했다.

"책은 풍요로운 인생을 살게 하는 마지막 1%의 힘이다. 돈, 건강, 사랑, 행복을 마지막에 모두 다 가져다준다. 책은 우리의 인생의 마지막 1%의 불꽃을 피우기 위해 우리의 마음을 태우는 마지막 나뭇가지처럼 말이다. 또 책은 뇌부터 생각 자체를 바꿔줌으로써 어떤 누구도 쉽게 가져가지 못하는 귀한 무형의 자신만의 자산을 채우게 한다. 자신에게 아무것도 없어도 책을 통해서 얻어지는 풍부한 지식과 지혜는 한 사람의 인생을 구제하고 회복의 힘을 경험하게 해준다."

이처럼 잭슨의 말에서 책의 힘이 얼마나 막강한지 알 수 있다. 책을 읽는 것만으로도 이런 막강한 힘을 얻는데 읽기에 더해 책 쓰기마저 이뤄진다면 그 힘은 이루 말할 수 없다.

앞에 언급했듯이 나는 책 쓰기로 치유를 경험하고 일어났다. 물론 무너진 날도 많았지만, 그보다 믿음을 얻었기에 나는 책의 힘을 믿는다. 책에는 보이지 않는 힘이 있고 창조의 힘이 있다. 읽으면 되는 것이고 쓰면 되는 마법 같은 치유 도구이다. 책에는 나처럼 상처받은 연약한 생각을 단단한 마음의 근육으로 강화해 주는 마법이 있다. 그 책의 마법으로 나는 치유의 과정을 거쳐 힘껏 한 보 전진할 수 있는 동력을 얻었다. 이 모두는 내가 지난 3년간 책을 쓰기 시작하고 계속 책을 읽으면서 확실히 체험한 내용이다. 나는 앞으로도 계속해서 책의 힘을 믿고 앞을 향하여 나아갈 것이다. 또한, 계속 책을 쓸 것이고 나와 비슷한 아픔을 겪는 사람들을 위해 책 쓰기 코칭으로 미래를 계획하고 있다. 내가 책으로 일어났듯이 내 주변의 사람들을 책으로 일으켜 주고 싶은 것이다. 책 쓰기를 통해 상처가 치유됐을 뿐만 아니라 내가 가진 힘을 발견하고 이를 나눠줄 수 있겠다는 자신감도 얻었기 때문이다.

해가 지지 않는 강대한 나라였던 대영제국의 시작은 빅토리아 여왕이었다. 빅토리아 여왕이 대영제국을 건설할 수 있었던 원동력은 책 중의 책인 성경을 공부하고 실천하는 데 있었다. 빅토리아 여왕의 성경 연구에서 시작된 개혁은 성경에 기초한 튼튼한 나라를 만들게 하였고, 그 후 영국은 오랫동안 해가 지지 않는 강대한 나라가 되었다. 영국뿐만 아니라 미국도 영국에서 건너간 청교도들에 의해서 성경에 기초한 나라로 출발하였다. 오늘날 미국이 세계를 이끌어가는 지도자적인 국가로 역할을 하는 데는 그 바탕에 성경이라는 책이 있다고 생각한다. 우리 대한민국이 다시 사는 길도 책 속에 있다고 말하고 싶다. 다수 국민이 책을 읽고 더 나아가 책 쓰기에 도전한다면 대한민국은 국민 개개인도 행복해질 것이고 나라도 부강해질 수밖에 없다.

나는 내 손과 마음을 내 글에 집중한다. 두 번째 책을 쓰면서 다시 한번 경건하게 다짐한다. 책의 힘으로 내가 다시 일어났으니 책의 힘으로 내 주변의 사람들이 일어나도록 돕는 일을 구체적으로 하자고 다짐한다. 나는 책 쓰기로 나를 비우면서도 한편으로는 마음의 양식을 채우고 살아간다. 거듭 말하지만, 책에는 변화의 힘이 있다. 자신감을 준다. 만족감을 준다. 그러면서 아픈 마음을 치유한다. 하루 몇 분씩이라도 꾸준히 독서해보기를 바란다. 습관의 힘은 무섭다. 하루하루 독서가 쌓여서 분명히 삶이 달라질 것이다. 나아가 책 쓰기에 도전한다면 내가 책의 힘으로 일어났듯이 여러분의 삶 역시도 힘차게 비상할 것이다.

책 쓰기로 여는 행복의 문

"훌륭한 책은 저자의 머리와 심장에서 나온 것이다.
저자는 책 한 장 한 장에 자신의 모든 것을 담았다.
각 페이지는 저자와 생명을 같이 할 뿐 아니라, 저자의 개성으로 넘쳐 흐른다."

– W. H. 허드슨(W. H. Hudson)

"나는 행복하다."

이 아름다운 말이 나에게 속삭인다. 책 쓰기를 하고 난 이후에 들려오는 말이다. 아픈 상처에 시달리며 언제나 삶을 비관하기만 했던 내가 그 아픔을 극복하고 내 꿈을 향해 나아가며 나를 필요한 존재로 세우고 있으니 행복할 수밖에 없다. 나는 경계선 장애를 넘어선 최초의 강사로 거듭날 것이라고 믿고 싶다. 또다시 지독한 아픔과 고독이 밀려와도 이겨낼 수 있다고 나는 믿는다. 그러니 지금 행복하지 않으면 언제 행복하겠는가?

나는 『홈스쿨링 코칭』(2021)이란 책을 읽으면서 행복한 인생으로 자연스레 인도하는 내용을 보았다. 자기 존재에게 감사함을 찾을 수 있었고, 노력을 통해 한 걸음씩 나아가며 자기 자신으로 우뚝 서는 것이 행복임을 배웠다. 이 책에서 배운 내용을 나는 책 쓰기를 통해 이루었다. 책 쓰기를 통해 소중한 나를 알았으며 스스로 섰고 꿈에 향해 나아가게 되었다. 그 과정에서 행복은 실과 바늘처럼 나를 따라왔다.

'책 쓰기'는 글을 통해 자신의 인생을 정리하고 새로운 삶을 개척할 설계도를 만드는 일이다. 그 설계도는 행복한 인생을 만들어 나가는 나만의 나침반이 된다. 나침반을 따라가다 보면 삶의 목적과 방향이 확실해지고 행복은 그만큼 자라난다. 책 쓰기로 이런 행복을 찾은 나에게는 언제나 행복한 기운과 안정감 넘치는 에너지가 감돌고 있다. 이제 나는 나의 행복을 전하는 작가로 도약을 꿈꾸며 그 출발선에 서 있다. 남을 행복하게 하면 나의 행복감은 더 커질 것이고 내 인생은 더 가치가 있을 것이다. 무엇보다 나 때문에 그동안 아파하셨던 아버지와 어머니께 행복하게 사는 내 모습을 보여드리고 있으니 이 또한 행복한 일이다. 이렇게 나는 책 쓰기로 최고로 행복한 인생이 시작되어 그 행복을 변함없이 이어가고 있다.

나는 링컨을 좋아한다. 실패를 실패로 만들지 않고 성공으로 바꾸는 그의 이야기는 나에게 큰 힘이 된다. 링컨처럼 나도 아팠던 과거에 머무르지 않고 행복한 인생을 그려가고 있다. 세상에서 가장 큰 성공은 행복이다. 나는 행복한 사람이니 바로 성공한 사람이다. 그 시작은 책이었다. 책을 읽고 필사하며 어둠의 터널에서 점차 벗어나던 나는 책 쓰기를 통해 완전히 벗어날 수 있었다. 하지만 현재의 행복에만 머무르지 않으려고 한다. 부모님께 배운 지혜를 간직하며 계속 책과 함께하며 더 다양한 지식과 지혜를 갖추려고 한다. 세상이 너무도 빠르게 변하는데 내가 이 흐름을 따라잡지 못한다면 그건 바로 '도태'이기 때문이다. 이것이 바로 나를 지키는 일이며 행복을 지키는 길이기 때문이다.

"이와 같이 좋은 나무마다 아름다운 열매를 맺고 못된 나무가 나쁜 열매를 맺나니, 좋은 나무가 나쁜 열매를 맺을 수 없고, 못된 나무가 아름다운 열매를 맺을 수 없느니라."

마태복음 7장 17~18절이다. 나는 이 말씀에서 많은 가르침을 받았다. 마치 나를 두고 한 말과도 같았다. 하나님이 나를 버리지 않으셨다는 생각에 감격하기도 했다. 어찌 보면 그간 내가 책과 함께 해왔던 건 좋은 나무가 되기 위한 몸부림이었다는 생각도 든다. 나 스스로 하나님의 가르침을 따라 좋은 열매를 맺기 위해 책을 읽고 필사하며 책 쓰기 과정까지 거친 것이다. 책은 이렇게 인생이란 나무를 튼튼하게 가꾸어 탐스러운 열매가 맺도록 하는 거름이다. 나는 지금까지 한 권 한 권의 책으로 내 인생 나무에 물과 거름을 주며 소중하게 키워왔고, 이제 작가라는 열매를 맺고 있다. 그러면서 갈수록 행복과 삶의 보람은 커지고 있다. 내가 그랬던 것처럼 여러분도 책으로 인생 나무를 튼실하게 가꾸고 행복이란 소중한 열매를 맺기를 바란다.

세 번째 미라클 맵
마음 바꾸기 힐링법

마음에 긍정의 씨앗을 뿌리자

"'안 된다'라는 생각은 인생의 재앙을 부르는 문이다.
'된다'라고 발상을 전환하면 인생이 달라진다."

– 이해사, 본명 김욱, 『걷다 느끼다 쓰다』(2020) 중에서

'마음속의 부정적인 마음을 몰아내라!'

언젠가부터 내가 늘 품고 있는 태도다. 독서와 책 쓰기를 하면서 긍정의 가치를 알게 됐고, 점차 긍정의 사람으로 변해 갔다. 그런 긍정의 마음으로 나는 과거의 내 아픔과 상처 등을 지워나가고 있다. 무언가 새로운 일을 시작할 때면 부정적인 생각이 떠오르곤 하는데 먼저 부정적인 마음을 몰아내는 데 집중한다. 그렇게 집중하면 여유롭고 고요한 상태, 즉 차츰 열린 마음으로 변화하면서 부정적인 마음이 사라진다. 부정적인 마음을 몰아내는 방법을 알고 나니 무슨 일을 하든 자신감이 붙어, 내가 앞으로 개척하는 삶을 살아가는 데 큰 도움이 될 것으로 판단한다.

긍정적 사고로의 변화와 함께 나는 뇌의 구조를 알게 되면서 경계선 인지장애를 가진 사람의 뇌와 일반인의 뇌 구조가 다른 점을 알아냈다. 경계선 인지장애에 있는 사람은 뇌가 호리병 모양인데, 일반인의 뇌는 항아리 모양이다. 뇌의 모양이 다르다 보니 받아들이는 것도 확연히 다르다고 한다. 나의 뇌 구조를 알고 일반인과 다르게 받아들인다는 사실을 알고 나니 상황이나 문제를 받아들이고 이해하는 폭도 커지게 되었다. 긍정의 태도로 상황에 대한 이해의 폭마저 넓어지고 나니 일에 대처하고 문제를 풀어가는 게 훨씬 매끄러워졌다.

이제 나는 일단 무언가를 시작하면 긍정의 힘이 생긴다. 일을 시작하기도 전에 생긴 부정적인 마음은 긍정적 사고로 일을 즐기다 보면 어느새 자리에 씻겨 나가고 없다. 긍정의 마음으로 집중해서 일하다 보니 부정적인 마음이 다시 비집고 들어올 틈이 없다. 이런 긍정의 마음은 이제 습관처럼 내 마음에 새겨져 있다. 새로운 습관이 몸에 배려면 꾸준한 노력이 필요하듯 마음을 바꾸는 일도 쉽지는 않다. 하지만 한번 들인 습관이 쉽게 무너지지 않듯이 긍정적으로 바뀐 마음은 평생을 가며 자기 삶을 끌어갈 수 있다. 부정의 생각은 다 잊고 현재를 즐겁게 생각하는 긍정의 마음으로 몰입하자. 그렇게 계속하다 보면 당신 마음에도 긍정의 씨앗이 자라나고 긍정의 마음이 습관처럼 새겨질 것이다.

나는 한때 안 좋은 일이 있으면 밥도 제대로 먹을 수가 없을 정도였다. 안 좋았던 일이 계속 떠오르니 밥맛 자체가 없었고 배는 고픈데 도저히 먹을 수가 없었다. 그런데 사람은 사람으로 치유된다고 하는 말이 있듯이 한 사람을 만나 내 속사정을 조금이나마 털어놓고 나니 어느 정도 마음이 풀렸다. 이처럼 문제는 끙끙 앓는다고 해결되는 게 아니라 어떻게든 푸는 방법이 존재한다. 내가 그 문제로 속앓이하기보다 그 상처에서 벗어나는 방법이 있다는 긍정의 마음으로 능동적으로 사람을 만나고 움직였다면 쉽게 해결할 수 있었다.

어떤 나쁜 상황에서도 모든 것들이 순조롭게 흘러간다고 믿자. 긍정의 마음으로 생각하면 나쁜 상황은 사라지고 생각하는 대로 이루어진다. 마음의 상처는 원칙적으로 스스로를 바라보는 관점에 따라 생기기도 하고 생기지 않기도 하는 것이다. 그러므로 부정적인 마음이 들거나 상처가 떠오르면 관점을 일단 바꿔야 한다. 바로 전환할 수 있어야 한다. 긍정의 관점으로 바꾸는 건 처음부터 바로 되는 건 아니지만, 앞서 얘기한 대로 조금만 노력하면 마음에 새겨지므로 어려운 일이 아니다.

마음이 바뀌면 삶이 바뀐다

"최후에 승리한 사람들은
실패하면서도 절대 포기하지 않았던 사람들이다."

- 박성배

나는 내면에 긍정의 씨앗을 뿌리고 난 뒤, 내 마음속에 뿌린 긍정의 새싹이 트기를 기다렸다. 다급해하지 않고 차분히 기다리던 어느 순간, 쑤욱 싹이 나고 차츰차츰 자라는 게 느껴졌다. 내 마음에도 따스하고 포근한 봄이 오니 그 싹이 움튼 것이다. 마음에 봄이 왔다는 건 내 마음이 바뀌었다는 의미이다. 다시 말해 어떤 희망도 자랄 수 없는 메마르고 삭막한 마음의 밭이 꿈과 희망이 깊게 뿌리를 내리고 튼실하게 자랄 수 있는 마음의 밭으로 바뀌었다는 것이다. 꿈과 희망이 자라는 마음 밭은 언제나 음악이 흐르는 듯 청량하게 내 마음을 두드린다. 그때 내 마음은 활짝 열리고 삶이 안전하고 평화롭게 느껴지고 행복감이 가슴 깊숙이 차오른다.

마음이 바뀌면 삶도 바뀐다. 삶이 바뀐다는 건 변화가 시작됐다는 것을 뜻한다. 물론 누구나 쉽게 마음을 바꾸고 삶을 바꿀 수 있는 건 아니다. 차근차근 씨앗을 뿌린 다음 포기하지 않고 기다릴 줄 안다면 누구라도 마음을 바꿀 수 있다. 꿈과 희망이 자라는 마음 밭으로 말이다. 하지만 모든 일에는 기다림이 필요하다. 씨앗이 싹을 틔우기까지 기다리지 못한다면 아무리 많은 씨앗을 뿌려도 소용없다. 그래서 씨앗을 뿌리는 일도 중요하지만, 기다릴 줄을 아는 것은 더 중요하다. 하나의 씨앗을 뿌려도 정성을 다하고 차분한 마음으로 기다릴 줄 안다면 그 하나의 씨앗이 싹을 틔워 마음을 바꿔줄 수도 있다. 노력과 기다림 끝에 마음이 희망의 밭으로 바뀐다면 삶은 바뀔 수밖에 없다. 마음이 가는 대로 삶이 따라오기 때문이다.

마음이 바뀌는 건 결국 삶이 바뀌기 때문에 모든 것이 바뀌는 일이다. 도전하는 삶은 이렇게 마음을 바꾸는 것에서부터 시작하는 것이다. 마음이 바뀌었다고 삶의 모든 일이 성공하지는 않는다. 하지만 긍정과 희망으로 바뀐 마음은 실패에도 좌절하지 않고 시도하고 또 시도하게 한다. 실패나 시련 앞에 포기하지 않는 도전은 언젠가는 그 도전을 성공으로 이끌 것이다. 바뀐 마음은 그렇게 삶을 바꾸어간다. 당신이 당장 마음에 긍정의 씨앗을 뿌리고 싹이 트도록 정성을 다하고 기다릴 줄을 안다면 기어코 마음이 바뀔 것이고, 그렇게 마음이 바뀌면 인생이 바뀌는 것은 시간문제이다.

나는 모든 것을 내려놓았다. 지금껏 내가 걸어온 길은 행복과는 거리가 먼 잘못된 길이었던 탓이다. 그동안 쌓아왔던 20년 동안의 기억을 그 자리에 두었다. 그래도 내가 간절히 바라던 꿈이었기에 하나님께 내려놓는 방법을 택했다. 진짜 내려놓는다는 것은 욕심과 이기심으로 아파했던 마음을 버리고 나 자신을 챙겨 내 삶을 행복하고 아름답게 살아내는 것이다. 이를 위해 나는 긍정과 희망의 씨앗을 뿌려 내 마음을 부수고 바꿨다. 내가 믿고 잘할 수 있는 일로 내 삶을 살아가니 모든 것이 평안해졌고 삶이 바뀌었다. 나는 이 길이 옳다고 믿으며 앞으로도 이 길을 가려고 한다. 내 삶은 내가 선택해야 하고 내가 긍정적으로 꾸준히 잘할 수 있는 길을 선택하는 게 곧 내가 행복해지는 길일 테니까.

마음을 바꾸고 행복을 찾은 나는 이제 마음에는 기적을 만들어내는 힘이 있다는 생각이 든다. 기적이라고 해서 대단한 일이 아니라 늘 아파하던 마음이 행복한 마음으로 바뀐 정도이지만, 이것이야말로 인생에서 기적이 아니겠는가. 행복의 기적을 이룬 나는 점차 내 삶이 바뀌고 있음을 느낀다. 점점 행복이 크게 느껴지고 이런 내 삶을 지켜봐 주는 누군가가 있다고 생각하면 하루하루 살아 숨 쉬는 것조차 정말 감사하다. 지독한 고통의 시간이었지만 그 고통에서 깨닫고 내 삶을 바꿀 수 있었다.

바뀐 내 마음에는 내가 할 수 있는 것만큼 차근히 하다 보면 더 많이 이룰 수 있다는 믿음이 들어온다. 그 믿음은 세포 하나하나를 바꾸는지, 내 몸 전체에서 희망의 에너지가 넘쳐난다. 계속해서 나는 믿음의 확언을 내 가슴에 새긴다.

'나는 멋진 삶을 누릴 자격이 있다.'

'나는 항상 안전하고 보호받는다. 사랑과 행복이 나를 둘러싸고 나를 보호해준다.'

'나는 모든 감정을 인정한다. 그러나 그 감정에 빠지지 않고 내 행복을 찾아간다.'

분노는 표현과 표출로 해소하라

"내 분노를 표현하고 내려놓는 것은 안전하다."

- 루이스 헤이(Louise L. Hay)

사람은 누구나 살아가면서 수많은 감정의 변화를 겪는다. 감정의 변화는 자연스러운 거지만 안 좋은 감정은 바로바로 해소해야 한다. 그런 감정이 계속 쌓인다면 자신의 마음을 병들게 하기 때문이다. 분노의 감정 역시도 마찬가지이다. 분노의 마음이 들었다면 냉정하게 판단하되 적당하게 표출해야 한다. 분노의 감정을 표출하지 못하고 계속 쌓아 두고 있다면 자신에게 아픔과 상처로 돌아오기 때문이다. 이렇게 자신의 감정을 표현하지 않는 건 자신을 존중하지 않는 것과 같다. 이런 행위는 바로 자신을 학대하는 것과도 같다. 나를 존중한다면 적당한 표현과 표출로 분노를 없애고 살아가야 한다.

분노나 미움 등 나쁜 감정은 쌓지 말자. 마음속에 쌓지 말고 누군가에게 피해만 주지 않는다면 바로바로 표출하고 해소하는 게 좋다. 불필요한 물건뿐만 아니라 나쁜 감정도 내어버려야 할 것은 내어버리자. 그래야 새롭고 좋은 것이 들어온다. 그렇게 순환되는 감정이 인생도 풍요로운 상태로 이끌어간다. 물이 흐르는 게 자연스러운 것처럼 사람의 감정도 흐르고 순환하는 게 자연스러운 일이다. 자연스러운 것이 바로 섭리이고, 이 섭리를 따르는 삶이 가장 편안한 삶이다. 마음속의 분노를 적절히 내버리자. 나의 마음을 흐르게 두자. 그래야 생활과 삶이 행복하고 편안하다.

미국 심리학자 매슬로(*Abraham Maslow*)에 따르면 사람을 움직이는 데에는 기본적으로 두 가지 동기가 있다고 한다. 하나는 부족한 것을 채우려는 '결핍 동기'와 다른 하나는 보다 나은 자기 모습을 위해 노력하려는 '성장 동기'이다. 만약 배가 고파서 무언가를 먹으려 한다면 그것은 배고픔이라는 결핍 동기에 의한 행동이다. 반면에 보다 나은 운동선수가 되기 위해 열심히 연습한다면 그것은 성장 동기에 의한 행동이다. 충동통제력은 결핍 동기보다는 성장 동기와 더 밀접한 관련성을 갖는다. 나는 이 중에서 '결핍 동기'를 내 삶에 적용하고 여기에 집중하고 살아왔다. 단순히 고통을 참아내는 힘은 '결핍 회피 동기'라고 한다. 그래서 내가 성장을 하지 못하고 내 삶이 제자리에 맴돌지 않았을까 싶다. 배가 고파도 참고 졸려도 참고 괴로워도 그냥 참을 수 있는 것은 단순한 인내력이지, 충동통제력이 아니었다. 반면에 충동통제력은 자신의 더욱 나은 모습을 위해서 즐거운 마음으로 꾸준히 노력할 수 있는 '성장 지향적 자기조절능력'을 의미하는데 지금의 나는 그렇게 성장 중이다.

나는 솔직히 내 마음의 분노가 많은지를 몰랐다. 단순히 고통을 참아내는 사람이었다. 앞에서 말한 '결핍 회피 동기'와 관련된다. 충동통제력을 달리 표현하면 다니엘 골만이 제안한 감성 지능과도 통하는 개념이다. 어린아이에게 마시멜로를 하나 준 뒤, 15분간 먹지 않고 참으면 마시멜로를 하나 더 주겠다고 약속한다. 그러고는 아이를 혼자 놔둔다. 눈앞에 있는 달콤한 마시멜로를 먹지 않고 혼자 버티는 것은 아이에게는 대단한 통제력을 의미한다. 이러한 통제력을 보인 아이들이 훗날 큰 학업 성취나 업무 성취를 보이더라는 것이 다니엘 골만이 주장한 감성 지능의 요지다. 나는 나를 붙잡으면서 이러한 충동통제력이 건강한 것이 되려면 그것은 반드시 긍정성이나 자율성과 균형을 이루어야만 한다는 말에 전적으로 동의한다. 스스로 하고 싶고 또 자기가 좋아하는 일이어서 다른 충동을 통제해가면서 그 일에 집중한다면 그것이 바로 건강한 충동통제력이어서 하는 말이다.

나를 잡아준 것은 '책'이었다. '성장 지향적'을 알려주는 책은 나에게 모든 것을 가르쳐주는 선생이자 친구이자 '나' 자체였다. 그런 책은 나를 대변해서 말해주고 나를 위해 조언해주고 내 옆에 배반하지 않고 내 곁을 떠나지 않는다. 한결같은 모습으로 있어 주었다. 특히 경계선 인지장애를 위한 책 2권이 특히 나를 바로 보게 하였다. 바로 『케이크를 자르지 못하는 아이들』(2020)과 『경계선 지능과 부모』(2022)이다. 이 책들은 내 마음속의 분노를 내어버리라고 알려주며 내가 공감하며 생각하게 도와주었다. 이 책들이 나는 하염없이 감사하다. 이 책들을 읽으며 그들이 얼마나 자기표현 하는 것이 어려운지가 느껴졌고, 결정하는 힘과 스스로 헤쳐나가는 힘을 기르도록 어떻게 도와줘야 하는가가 느껴졌다. 나 또한 책의 내용처럼 그러하였기에 나를 돌아보며 필요 이상의 요구에 거절할 수 있는 나를 갖추어야 한다고 배울 수 있었다. 『착한 사람을 그만두면 인생이 편해진다』(2019)를 통해서도 나는 자신을 위하고 상대를 위해서도 거절은 꼭 필요하다는 사실을 깨달았다. 책에서 배운 내용을 나는 계속해서 공부하고 적용해 왔는데 그런 나 자신이 뿌듯하다.

'마음속의 분노를 내어버려라.'

나는 늘 이런 생각으로 내 마음의 나쁜 감정을 세상에 내놓으며 성장 중이다. 그동안 내가 이런 감정을 버리지 못해 얼마나 아팠던가. 이제는 그 사실을 내가 알았으니 어서 고쳐내고 싶다. 몸과 마음에 화가 나면 우선 말하면서 가라앉히자. 그리고 몸과 마음이 쉬게 하자. 나는 그렇게 나를 돌보고 인정하고 안정을 취하고 있다. 그래야 다시 일어설 수 있다. 그래서 마음속의 나쁜 감정은 내어버려야 한다. 우리 아이들과 남편을 지키기 위해서도 분노의 감정을 버리고 올바르게 나아가고 싶다.

삶을 바꾸는 조화로운 관계와 담대한 마음

"할 수 있는 일을 해낸다면,
우리 자신이 가장 놀라게 될 것이다."

- 토마스 A. 에디슨(Thomas A. Edison)

오늘날의 나는 내가 할 수 있는 일을 하는 사람으로 거듭났다. 나는 내가 가진 것이 없다고 생각하고, 능력이 없다고 생각하며 하염없이 나를 낮췄던 때가 있었다. 그런데 누군가에게 도움이 되는 사람이 되고 싶다고 생각하자, 바로 나는 행복한 '나'로 바뀌었다. 솔직히 절대 극복할 수 없는 인간관계에 대해 답답함이 많았었다. 하지만 스스로 한 발짝 나아가며 인간관계의 어려움도 이겨낼 수 있었다. 다가가고 말하고 거리 두며 조화로운 인간관계를 맺는 내가 된 것이다. 여기에는 『삶에 기적이 필요할 때』를 읽은 영향이 컸다. 이 책에 나온 "나는 모든 인간관계가 조화롭다."라는 이 한 문장이 특히 나를 인간관계에서 나를 긍정으로 이끌었다. 눈부시고 아름다운 이 문장은 보는 순간 내 가슴을 울렸고, 나는 두고두고 이 문장을 곱씹었다. 이 문장을 되뇌다 보니 '방법이 있을 거야.'라는 긍정의 태도와 마음가짐이 생겼고 끝내 이 문장을 내 삶에 안착시켰다.

> "마음을 강하게 하고 담대히 하라. 두려워 말며 놀라지 말라. 네가 어디로 가든지 네 하나님 여호와가 너와 함께하느니라 하시니라."

언젠가 내가 새벽기도에 나가 받아온 문장이다. 여호수아 1장 9절 말씀이다. 이 말씀으로 세상에 깊숙이 발을 들이고 조화로운 인간관계를 위해서는 내가 담대해져야 한다는 사실을 깨달았다. 내 존재의 아름다움을 스스로 간직할 때 하나님께 당당하게 다가갈 수 있고, 그때 비로소 담대해질 수 있다는 생각도 들었다. 그렇게 생각하니 세상과 사람의 관계에 두려움이 사라졌고 내 마음이 평온해지고 담대해졌다.

마음 상태가 평온하니 인간관계는 조화로워졌고 그 조화로움만큼이나 내 삶도 균형과 안정을 찾아갔다. 이런 가운데 조금씩 커지는 나의 믿음을 확인할 수 있었고, 나는 복음마저도 전할 수 있는 사람이 되었다. 앞의 말씀 외 내가 좋아하는 말씀으로는 "진리를 따르는 자는 빛으로 오나니 이는 그 행위가 하나님 안에서 행한 것임을 나타내려 함이라 하시니라."가 있다. 이 말씀은 한 줄기 빛이 내게 내려와 기도하는 내 모습이 상상되면서 내 마음이 굳건해지게 한다. 나는 이렇게 성경 말씀을 통해서도 조화로운 삶과 담대해지는 마음을 깨달으며 변화하고 있다.

삼성의 고 이건희 회장은 오래전에 나온 자신의 책 『생각 좀 하며 세상을 보자』(1997)에서 "우리에게 필요한 것은 몸을 던져서라도 난관을 돌파하는 럭비 정신으로 현재의 정신적 패배주의를 극복해야 한다."고 했다. 이 말은 곧 어떤 어려운 상황에서도 반드시 이겨야 하고 이길 수 있다는 정신이 중요하다는 의미로 해석된다. 『손자병법(孫子兵法)』에는 "먼저 이겨놓고 싸운다(先勝求戰)."라는 말이 있다. 상대를 분석해서 미리 이길 전략을 짜 놓고 만의 하나까지도 미리 대비한 다음 전쟁을 해야 이긴다는 의미이다. 사람의 삶도 마찬가지이다. 마음가짐을 단단히 하고 일을 시작하기 전에 미리 계획하고 준비한다면 어떤 일이든 못할 일이 없다. 나 역시도 조화로워지고 담대해지며 마음이 무엇이든 할 수 있다는 자신감으로 가득했고, 이후 삶의 변화가 일어나며 기적 같은 일들이 일어났다.

잘 알려진 토머스 에디슨(*Thomas A. Edison*)의 이야기는 나를 황홀하고 행복하게 했다. 에디슨이 발명왕으로 역사에 남는 인물이 되었지만, 그가 어린 시절 학교도 제대로 다니지 못했다는 건 잘 알려진 이야기다. 에디슨은 학교 수업을 따라갈 지적 능력이 없다는 이유로 입학한 지 3개월 만에 퇴학당한다. 그런 에디슨을 그의 어머니가 가르친다. 에디슨 어머니는 에디슨을 위한 특별한 교육과정을 짜고 거기에 맞춰 에디슨을 가르쳤다. 어머니의 가르침을 받은 에디슨은 결국 아홉 살에 리처드 그린 파커(*Richard Green Parker*)의 『자연과 실험의 철학(*School of Natural Philosophy*)』(1837)을 독파했다. 이십 대에는 도서관을 통째로 읽어버리겠다며 도서관에서 살다시피 했다. 그는 마침내 세계 최고 기록인 1,093개의 특허를 따내면서 발명왕이 되었고 세계 최고의 기업으로 인정받는 제너럴 일렉트릭 사(*General Electric Company*)를 창업했다.

이러한 에디슨의 이야기는 나에게 큰 울림이었다. 한때의 실패나 좌절이 삶 전체를 실패로 규정하지 않는다는 사실을 에디슨은 자기 삶을 통해 보여주었다. 에디슨뿐만 아니라 역사에 이름을 남긴 수많은 사람도 한결같이 아픔과 고난을 겪고 나서 성공의 길에 이르렀다. 이런 사실은 고난이 오더라도 여기에 무릎 꿇지 않고 계속해서 도전하고 노력한다면 그 고난이 오히려 복이 된다는 사실을 알려준다. 나 역시도 많은 아픔과 상처로 힘든 시간을 보냈다. 그 아픔과 상처를 이겨내고 나는 이제 작가로서 행복하게 살아간다. 담대한 마음으로 세상 사람들과 조화롭게 관계를 맺어가는 나는 또다시 어려움이 닥친다고 하더라도 거뜬히 이겨낼 자신감도 충만하다. 나는 또한 현재의 행복에 안주하지 않고 계속해서 꿈꾸고 소망한다. 작가가 이미 기적 같은 일이었지만 또 다가올 삶의 기적에 나는 오늘도 가슴이 두근거린다.

마음이 몸을 움직이게 한다

"진실한 삶을 산다면 우리는 진실하게 사물을 볼 수 있다."

- 랠프 월도 에머슨(Ralph Waldo Emerson)

"나의 모든 인간관계는 조화롭다."라고 쓰면서 나는 속으로 평화롭고 좋은 생각을 한다. 스스로가 나 자신과 마음의 거리 두기를 한다. 쓰리고 아픈 생각을 한껏 던져버린다. 기분 좋은 사람이 되기로 스스로가 정한다. 함께 있으면, 마음이 편하거나 즐거운 생각이 들게 해주는 사람이 되려고 한다. 이미 정했다면, 나는 마음이 몸이 움직이게 하는 진짜 실천가가 되는 것이다. 아니, 이미 되었다.

앞에서 계속 마음을 다스리는 여러 방법을 얘기했다. 부정적인 마음, 분노하는 마음을 버리고 담대한 마음가짐이 필요하다고 했다. 이렇게 마음을 다스려 마음이 바뀌면 삶이 바뀐다고도 했다. 이런 마음의 중요성은 나 스스로 겪으며 마음을 바꿔온 이야기였다. 부정에서 긍정으로, 좌절에서 희망으로, 소심함에서 담대하게 마음을 바꾼 나는 이제 변화한 마음으로 삶이 조화와 균형을 이루며 행복을 만끽하고 있다. 건강한 마음이 몸을 움직이게 하고 그 움직임이 내 삶과 삶의 질을 바꾼 것이다.

마음이란 무엇인가? 마음은 자신의 감정이나 의지, 생각 등을 일으키며 지배하는 것이다. 이런 마음은 자신이 가장 원하는 쪽으로 이끌리게 마련이다. 자신의 마음이 부정적이면 그쪽으로 쏠리고, 긍정의 마음이면 긍정의 방향으로 쏠린다. 그래서 마음 다스림이 필요하고 마음이 중심을 잡아야 바르게 움직인다. 억지로 당길 필요도 없고 마음이 먼저 앞서서 자기 생활과 미래를 이끌고 나아간다. 단, 본인 스스로가 알아차리고, 이성적인 제어는 당연히 필요하다. 이렇게 마음이 중요하다. 그래서 마음이 바뀌면 삶이 바뀐다고 자신 있게 얘기했다.

나는 한때 마음이 상처투성이였지만 앞에서 얘기한 대로 조금씩 조금씩 마음을 바꿔가며 내 삶을 바꾸고 있다. 마음의 변화를 통해 세상과 조화롭게 살아가고 법을 배웠고 여전히 배워나가는 중이다. 마음이 가는 대로 조금씩 도전해보며 도움이 필요하면 도움을 받으며 내 삶의 지경을 넓혀가는 중이다. 마음이 조화롭고 평화로울수록 날 움직이게 하는 힘도 커진다. 마음이 나를 더 크고 넓게 움직이도록 하기 때문이다. 마음을 따라 움직이다 보면 기쁨과 행복 역시도 움직이는 만큼 커진다. 자신이 가장 원하는 방향으로 마음이 움직이고 원하는 쪽으로 몸이 따라가니 기쁘고 행복한 건 당연한 일이다. 마음이 이끄는 일이 있다면 두려워하지 말고 따라 움직여보자. 마음에 확신이 있을 때 몸이 저절로 움직이고 그런 움직임이 행복하게 한다는 사실을 잊지 말자.

『회복 탄력성』(2019)이라는 책을 보면, 회복 탄력성을 구성하는 첫 번째 요소로 자기조절능력을 꼽는다. 자기조절능력이란 자신의 감정을 인식하고, 그것을 스스로 조절하는 능력이다. 이런 자기조절능력은 어려운 상황이 닥쳤을 때 첫째 자신의 부정적 감정을 통제하여 긍정적인 감정과 건강한 도전 의식을 불러일으키고(감정조절력), 둘째 기분에 휩쓸리는 충동적인 반응을 억제하고(충동통제력), 마지막으로 자신이 처한 상황을 객관적이고도 정확하게 파악해서 스스로 해결하는 대처 방안(원인분석력)을 찾아내도록 한다. 이처럼 감정조절력, 충동통제력, 원인분석력, 이 세 요소가 자기조절능력의 근간을 이룬다. 이러한 능력은 하워드 가드너(*Howard E. Gardner*)가 다중지능이론에서 말하는 인성 지능과 다니엘 골만(*Daniel Goleman*)이 제안한 감성지능 등과도 관련된다. 역경이나 어려움을 성공적으로 극복해내는 사람들의 공통적인 특징 중 하나가 뛰어난 자기조절능력이라는 데서도 이의 중요성을 알 수 있다.

나는 책에서 나의 마음에 대한 원인분석과 해결 방안을 찾다가 작가의 길에 들어서 여기까지 왔다. 길을 찾는 자에게 길이 열리듯 나는 마음을 담아 쓴 내 글이 나를 움직여 줄 것이라고 믿으며 내 마음을 사랑하고 존중하며 움직이려고 한다. 그렇게 내 마음을 따라 새로운 움직임으로 일어나는 일들을 기억에 담으며 행복하게 살려고 한다. 행복하고 평안한 현재의 내 마음을 따라 앞으로 나아가자. 마음을 따라가는 이 걸음은 나를 지우고 또 세우는 작업이다. 내 마음이 몸을 어떻게 돌보며 앞으로 나아가야 하는지 본능적으로 알려준다. 내 몸에서 나오는 섬세한 목소리에 귀 기울이며 나는 계속 나아간다. 나는 나만의 방식으로 그렇게 통제와 조절을 하며 세상과 조화로워지는 중이다.

잠언에 5장 6절에 이런 말씀이 있다.

> "지혜를 얻으며 명철을 얻으라. 내 입의 말을 잊지 말며 어기지 말라. 지혜를 버리지 말라. 그가 너를 보호하리라. 그를 사랑하라. 그가 너를 지키리라."

이 말씀을 안고 나는 전진하고 있다. 마음이 몸을 움직이게 하면서 나는 차근히 선한 일을 실천하고 있다. 나는 나를 계속 만들어가고 있다. 더디더라도 독립할 수 있으리라 믿으며 나아간다. 얼마 전에 '목표 성장 콘서트'라는 곳에서 강의를 들으며 그동안 막연했던 꿈이 목표로 바뀌기 시작했다. 목표는 자신이 성장할 수 있는 수치에서 조금 더 해야 이룰 수 있다고 했다. 책 쓰기도 페이지를 나누어 큰 부분에서 작은 부분으로 하나하나 써가며 어렵지 않게 시작할 수 있었다. 이 모두는 내 몸이 마음을 따라가며 일어난 일들이다.

바뀐 내 마음에는 내가 할 수 있는 것만큼 차근히 하다 보면 더 많이 이룰 수 있다는 믿음이 들어온다.
그 믿음은 세포 하나하나를 바꾸는지, 내 몸 전체에서 희망의 에너지가 넘쳐난다.
계속해서 나는 믿음의 확언을 내 가슴에 새긴다.

본문 중에서…

네 번째 미라클 맵

언어 힐링법

1. '할 수 있다'라는 말 한마디의 힘

2. 인생은 결국 말한 대로 이루어진다

3. 믿음의 언어가 인생을 바꾼다

4. 자신감의 말 한마디로 얻는 용기와 성공

5. 말을 바꾸면 기적, 인생이 펼쳐진다

'할 수 있다'라는 말 한마디의 힘

"말도 아름다운 꽃처럼 그 색깔을 지니고 있다."

- 어니스트 P. 리스(Ernest P. Rhys)

말은 그 말을 하는 사람뿐만 아니라 듣는 사람에게까지 에너지를 안겨준다. "나는 할 수 있다."라는 말을 사용하면 정말 할 수 있게 되는 것이다. 나는 스스로 믿는 마음이 언젠가 말이 되어 나오고 결국 나를 완성한다는 것을 알았다. 원하는 바를 마음속으로 외치다 보면, 언젠가 꽃망울이 터지듯 말로 터져 나온다. 그리고 그 말을 따라 실천이 뒤따르고 꿈을 이루게 된다. 이를 아는 나는 늘 할 수 있다고 내게 주문을 건다. 계속해서 "나는 할 수 있다."라는 말을 되뇐다. 그리고 내가 할 수 있는 일은 최선을 다해 조금씩 해 나간다. 그러면서 내가 세운 계획과 다른 무언가를 조금씩 이뤄나가며 내가 성장하는 게 느껴진다. 나는 그렇게 나로 완성되고 사랑하는 내가 되어 간다.

뭐든 마음먹기에 달렸다. 어떤 유혹에도 견딜 수 있는 강한 의지력만 있다면 세상은 당신을 채워준다. 나의 빛나는 인생도 책을 쓰고 말을 바꾸면서 삶이 달라지고 더 빛나게 살아갈 수 있었다. 스스로 빛나게 산다고 생각하는 건 내 인생이 그만큼 풍요롭기 때문이다. 인생 위기가 나에게는 사명감과 소명감을 키워 준 기회였다는 믿음이 생기니 어떤 일이 있더라도 삶을 잘 살아낼 자신이 생겼다. 내가 이렇게 달라지고 성장하다니 스스로가 하염없이 고맙다. 그래서 나는 끊임없이 '민정아, 잘했어.'라고 속으로 외치며 말로 옮긴다. 이후에는 그 말처럼 잘하기 위해 노력하고 계속 한 걸음씩 나아간다.

스스로 책임지는 사람을 우리는 프로라고 한다. 프로는 아마추어와 다르게 비판을 받아들여 스스로 잘못된 걸 고치는 게 아마추어와 다르다. 나는 진정으로 스스로 할 수 있는 사람이 되고자 부터는 끝까지 책임 있는 행동을 하려고 애쓴다. 언제나 "나는 할 수 있다."라는 말과 '나는 무엇이든 할 수 있는 사람이다.'라고 다짐은 책임감도 키운다. 말은 이렇게 하는 대로 이루게 할 뿐 아니라 그걸 이룸으로써 갖게 되는 책임감까지도 키워준다. 잘하는 것과 책임감과 별개의 문제가 아니다. 서로가 상호작용하여 더 잘하게 하고 더 책임감을 느끼는 프로가 되게 한다.

주도적인 삶이란 자신이 스스로 선택한 삶이다. 나는 작가로 살아간다. 이는 내가 삶의 주인으로 살아가려는 결단의 결과이다. 작가뿐 아니라 결단하는 사람은 삶을 사랑하는 사람이다. 삶을 사랑하는 사람은 어떤 삶도 이해하고 느끼며 함께하려고 한다. 결단을 통해 자산과 타인을 사랑할 줄을 배우고 삼의 소중한 가치를 알기 때문이다. 결단은 사람을 새로운 도전과 개척으로 이끈다. 모험을 떠나는 길을 좋아하는 사람이 되었다. 그 길이 나다운 삶을 사는 것으로 생각하며 어떤 것도 두려워하지 않으려고 한다. 내가 이렇게 결단하고 모험을 두려워하지 않는 건 언제나 '나는 할 수 있다.'라는 믿음이 바탕이 되었기 때문이다. 그 믿음을 이루기 위해 나는 늘 말로 외우고 다짐한다. 지금, 이 순간에도 "나는 할 수 있다."라고 외치면 벅차오르고, 의지 충만한 삶이 백합 향기처럼 진하게 느껴진다.

나는 오늘 묵상으로 "네가 만일 네 입으로 예수를 주로 시인하며 또 하나님께서 그를 죽은 자 가운데서 살리신 것을 네 마음에 믿으면 구원받으리라."를 내 손으로 펜을 잡고 적어 내려갔다. 나를 믿어주시는 분이 있으니 나는 얼마든지 나아갈 수 있다는 마음이 들었다. 편안하고 안전하게 경계선 인지장애를 넘는다는 생각도 들었다. 얼마 전 임상 심리 검사에서 정신과 선생님이 내가 경계선 인지장애가 아니라고 하셨기 때문이다. 이렇게 나는 중요한 것이 무엇인지 아는 성숙한 한 인간이 되어가고 있다. 내가 늘 말하는 대로 나는 정말 할 수 있는 사람이 된 것이다. "나는 할 수 있다."라는 말 한마디가 나를 이렇게 이끌었다. 그래서 나는 오늘도 "나는 할 수 있다."라는 말을 잊지 않는다.

인생은 결국 말한 대로 이루어진다

"믿음이 부족하기 때문에 도전하길 두려워하는바,
나는 스스로를 믿는다."

- 무하마드 알리(Muhammad Ali)

나는 내려놓을 만큼 많이 내려놓았다. 내가 할 수 있는 만큼 전진할 용기도 가졌다. 인생은 결국 내가 원하고 바라며 말한 대로 이루어질 수 있음을 알게 되었다. 말한 대로 이루어지는 걸 알았으니 더 숨길 필요도 없고 더 욕심부릴 필요도 없다. 늘 원하는 대로 말하며 이미 정한 삶에 내 몸과 마음, 영혼을 맡기면 되는 것이다. 나는 내가 작가가 되어서 성장하고 있어서 감사하다. 뛰쳐나가고 싶고 내려놓고 싶어도 내려놓을 수 없는 평온함을 느끼면서 지금의 삶을 산다. 이 또한 내가 말한 대로 이루어진 결과이다. 책 쓰기를 하며 작가를 꿈꾸었고 쉽지 않은 일이었지만 한시도 '나는 할 수 있다.'를 잊지 않고 말한 대로 이루어진 것이다.

당신에게 이루고 싶은 꿈이 있는가? 나는 배우로서 무대에 서는 걸 꿈꾸어 왔다. 그 꿈이 이루어진다는 믿음을 버리지 않았다. 그런데 2021년 6월 29일, 김태호 PD님께서 어떤 작가의 초안을 내게 보내주신다고 했다. 정말로 꿈이 이루어지는 것일까? 내게 좋은 작품을 할 기회가 이렇게 성큼 다가오니 가슴이 두근두근했다. 아이들을 키우고 있고 아동극을 했던 경험이 있는데 그때 행복했다는 이야기를 PD님께 했던 기억이 났다. 그 결과로 가족극을 하게 되었다. 가족극이 잘 진행되어서 공연이 성사되기를 간절히 바란다. 작가로 일하고 싶다고 했는데 이게 이루어졌고, 내가 바라던 공연마저도 이루어졌다. 성인극으로 이루어지기 전에 대본을 보고 같이 의견을 나눌 수 있었는데 그런 동료가 있어서 '혼자가 아닌 나'를 느끼며 감사했다. 이 또한 결국 인생은 말한 대로 이루어진다는 걸 다시 깨닫게 해주었다.

얼마 전에 라디오에서 발달 장애인들이 예술을 좋아하며 성취감을 느끼고 그때 무엇보다 행복했다는 내용이 방송되었다. 방송에 나온 사연은 아들의 발달 장애를 뒤늦게 안 엄마가 아들에게 드럼을 권하고 그 아들은 드럼을 배우면서 공연까지 하였다는 내용이었다. 아들은 그 과정에서 행복해하며 세상과 소통하는 즐거움을 알았고, 엄마와의 사랑은 깊어졌다고 했다. 이렇듯 예술이라는 장르는 장애를 넘어 모두가 할 수 있는 것이라고 말하고 싶다. 나는 차근히 내 길을 걸어가고 있다. 내 길은 내가 만드는 것이라는 것을 몸소 배우면서 앞으로 나아가고 있다. '나는 할 수 있다'

라는 언어로 내게 말하며, 말한 대로 이루어진다는 믿음으로 한 걸음, 또 한 걸음을 내디딘다.

「그것이 알고 싶다: 절망을 이겨내는 사람들의 7가지 비밀」은 각기 다른 시련을 이겨낸 여러 사람의 이야기를 자세히 다루었다. 그중 28세 우정훈 씨는 비보이계의 고참으로 최고의 스트리트 댄서였다. 9년 열애 끝에 결혼에 골인하여 행복한 신혼 생활을 시작한 그는 어느 날 불의의 사고를 당해 하반신 마비 장애인이 되었다. 결혼한 지 8개월밖에 안 된 시점이었다. 그러나 그에게는 이 커다란 시련을 담담하게 받아들이고 남편을 향해 환히 웃으며 따뜻하게 보살펴주는 아내 김성희 씨가 있었다. 우정훈 씨는 사고를 당한 지 1년도 채 안 되어 일상으로 복귀했다. 휠체어를 타고 랩을 하며 무대에 오르고 비보이 전문 사회자와 방송인으로 활약하며 대학에서 강의도 시작했다. 좌절을 이겨내는 힘이 무엇이냐는 질문에 그는 매일 아내와 나누는 대화라고 대답했다. 인터뷰에서 우정훈 씨의 아내 김성희 씨는 밝은 표정으로 이렇게 얘기한다.

> "만약 사고가 안 났더라면 서로에게 얼마만큼 힘이 되어줄 수 있고 또 서로에게 얼마나 소중한 사람인지 영원히 몰랐을 거예요. 사고가 안 났더라면 서로 자신을 더 내세우며 많이 싸우고 갈등을 겪었겠지요."

우정훈 씨 역시 사고로 자신이 할 수 없는 일을 생각하고 괴로워하기보다는 주어진 상황을 긍정적으로 받아들이면서 '할 수 있는 일'을 적극적으로 찾아 나서는 힘을 보여주었다. 우정훈 씨와 그의 아내 역시 늘 긍정의 말을 하며 그렇게 한 대로 이루어졌을 것이다.

내 곁에 여전히 남아있는 사람이 있다고 생각하면 눈물이 난다. 나는 남편에게 많은 힘을 얻고 살았다. 무엇보다 남편은 나의 모든 것을 믿어주고 이해해 주었다. 가장 어려울 때 힘이 되어주었다. 그리고 긍정의 언어로 조언해주었다. '최민정'이길 바라는 남편은 언제나 내 선택을 존중해주었다. 내가 나를 미워하고 개명과 재개명으로 지옥처럼 보낼 때 남편은 "당신이 누구든 상관없어. 우리 아이들의 엄마잖아."라며 나를 다독였고, 나는 나의 삶을 가지게 되었다. 남편은 내가 어떤 선택을 하든 존중하고 그에 걸맞은 책임을 지는 삶을 살기 바라는 느낌이었다. 그러면서 뭐가 됐든 "그냥 하면 돼."라고 말해주었다. 나는 그렇게 이해해 주고 응원해주는 남편이 고마웠다. 결국, 나는 내 삶에 지지 않기로 다짐했다. 진정한 나를 마주하고 나를 사랑하는 '최민정'으로 살기로 하고 변해 갔다. 이런 변화 또한 남편이 말한 대로 이루어진 것이 아닌가 한다.

인생이 말한 대로 이루어진다는 사실을 나는 내 삶을 통해 경험했다. 그래서 더욱 자신 있게 인생은 말한 대로 이루어진다고 주장할 수 있다. 나의 사례가 아니더라도 말이 행동을 바꾸고 삶을 바꾼 사례는 수없이 많다. 이렇게 인생이 말한 대로 이루어지는데도 부정의 말을 하고 자신을 갉아먹는 말을 해야겠는가. 자기 인생을 바꾸고 싶다면 당신의 말부터 바꾸기를 바란다.

믿음의 언어가 인생을 바꾼다

"인내할 수 있는 사람은
그가 바라는 것은
무엇이든지 손에 넣을 수 있다."

– 벤저민 프랭클린(Benjamin Franklin)

나는 나를 희망으로 안내하는 중이다. 스스로 믿음의 언어를 되뇌며 나를 희망을 향해 나아가도록 이끌어가는 것이다. 나는 마음이 변하기 시작하면서 늘 믿음의 언어를 쓰려고 노력했다. 그러다 보니 나도 모르는 새 희망이 보이기 시작했고, 내 삶도 변하기 시작했다. 믿음의 언어란 다른 게 아니다. 나를 다독여주는 말, 남편과 아이들에게 믿음을 주는 말, 친구와 이웃들에게 기쁨을 주는 말, 이런 말들이 믿음의 언어이다. 이렇게 믿음의 언어를 쓰다 보니 나 자신을 존중하게 됐고, 가족과 친구, 이웃들과는 사랑과 신뢰가 쌓여갔다. 나를 존중하는 마음, 타인과 관계를 소중히 여기는 마음이 커지니 모든 일이 즐거워지고 희망은 커져만 갔다.

앞에서도 언급했지만, 인생의 성공과 행복을 위해서는 언어가 중요하다. 어떤 언어를 쓰느냐에 따라 성공과 행복이 찾아오기도 하고, 있던 행복과 성공이 달아나 버리기도 한다. 결국, 언어가 인생마저 바꾸는 셈이다. 자신도 모르게 쓰는 언어 탓에 인생이 바뀐다면 말 한마디도 신중하게 해야 하지 않을까. 자기 삶이 희망이 없어서, 자기 인생이 힘들기만 해서 언어 역시도 한탄만 한다면 인생은 바뀌지 않는다. 쓰는 말 한마디도 못 바꾸는데 어찌 인생을 바꿀 수 있겠는가. 현재 자기 삶이 힘들고 고달파서 벗어나고 싶다면 믿음의 언어부터 사용할 생각을 해야 한다.

생각을 바꾸고 믿음의 언어를 쓰며 과거의 아픔에서 벗어나 온전한 나를 찾은 나는 언어가 바뀌면 인생이 바뀐다는 사실을 굳게 믿는다. 희망의 삶으로 바뀌고 나니 앞으로 내 인생에 어떤 폭풍우가 와도 잘 받아들이고 그것을 벗 삼아 이겨낼 수 있다는 자신감도 생겼다. 더 나아가 시련과 고난은 스스로 힘을 기르고 인생을 더욱 풍요롭게 한다는 마음마저 들기도 한다. 과거의 아픔과 상처도 나를 단단하게 하는 담금질이었고, 내 인생을 희망과 아름다움으로 바꾸게 하는 통과의례였다고도 생각한다. 믿음의 언어는 내 인생을 이렇게 바꾸며 현재의 행복한 나를 만들었다. 나는 지금 최고로 행복하고 가장 원하는 일을 하고 있다. 내가 마음으로 늘 외치고 이루고 싶었던 일들이 일어나고 있다. 이 모든 일의 바탕이 믿음의 언어였다.

나는 물에 '감사'의 말과 '미움'의 말을 한 다음 두 물의 결정체를 찍은 사진을 책에서 보고 깜짝 놀랐다. 똑같은 물이었으나 각기 다른 말을 듣고 난 두 물의 결정체는 확연히 달랐다. '감사'의 말을 들은 물의 결정체는 아름다웠고, '미움'의 말을 들은 물의 결정체는 보기만 해도 소름이 돋을 정도였다. 언어의 힘이 얼마나 강력하고 영향력이 큰지를 여실히 보여주는 사례이다. 거듭 강조하지만, 언어가 바뀌면 인생이 바뀐다. "나는 왜 이럴까?", 이런 말로 탓만 하는 인생은 절대 바뀌지 않는다. 죽는 날까지 탓만 하다 그대로 끝나고 말 것이다. 탓만 하는 말을 믿음의 언어로 바꿔보면 어떨까. "나는 왜 이럴까?"라고 하기보다 "나는 잘될 거야." 똑같이 짧은 한마디지만 인생이 바뀌고 안 바뀌는 엄청난 차이를 가져온다는 사실, 절대 잊지 말자.

나는 믿음의 언어를 통해 삶이 달라지면서 이제는 어떤 기회가 와도 잡을 수 있다. 현재에 안주하지 않고 이보다 더 인생을 바꾸기 위해 계속 준비하고 있다. 삶을 기꺼이 즐기고 어떤 대는 눈감고 지나가는 여유로움도 생겨났다. 나는 변함없이 언어의 중요성을 믿고 믿음의 언어를 쓰기 위해 노력한다. 그 믿음의 언어가 내가 더 큰 결단을 하게 해줄 것이고 내가 더 채워야 할 것은 더 채우도록 해줄 것을 믿기 때문이다. 믿음의 언어를 통해 다시 태어난 나는 내 곁에 있는 많은 이들도 믿음의 언어를 통해 더 성장하고 진취적으로 살며 행복해지기를 소망한다. 내가 그랬던 것처럼 그들 역시 믿음의 언어로 삶을 바꿔 갈 것이기 때문이다.

자신감의 말 한마디로 얻는 용기와 성공

"인생에 뜻을 세우는 데 있어 늦을 때라곤 없다."

– 제임스 아서 볼드윈(James Arthur Baldwin)

나는 실수가 많은 사람이다. 실수했다고 해서 좌절하고 주저앉기보다는 다음엔 잘할 수 있다는 생각을 먼저 한다. 그래서 포기하지 않고 다시 일어서기를 반복한다. 이런 바탕에는 나는 뭐든지 할 수 있는 사람이라는 믿음이 있다. 이런 자신감은 내가 계속 도전하고 움직이게 하는 힘이라는 생각이 든다. 그래서 나는 늘 이 믿음을 마음으로 간직하고 말로 선언한다. "나는 뭐든지 할 수 있는 사람이다!" 이런 선언이 내 안에서 늘 꿈틀대니 어떤 일 앞에서도 두려워하거나 주저하지 않고 자신감이 있다. 그렇지만 얘기했듯이 또 실수는 일어난다. 하지만 선언처럼 자신이 있다 보니 같은 실수를 반복하지 않는다.

물론 자신감이 있다고 실수하고서도 또다시 무조건 도전하지는 않는다. 때론 잠시 멈출 필요를 느끼고 다음 도전에 재실패하지 않기 위해 성찰하고 충전하는 시간을 보내기도 한다. 그렇게 나를 돌아보고 상황을 다시 판단하며 다시 나갈 준비 태세를 꼼꼼하게 갖춘다. 그렇게 다시 도전할 때도 나는 뭐든지 할 수 있는 사람이라는 믿음과 긍정적인 마인드를 내려놓지 않는다. 그렇게 나는 실패했지만 끝내 성공을 이루어가며 나를 만드는 사람이 되어간다. 나를 만든다는 것은 나의 인생을 사랑한다는 뜻이다. 그렇기에 뭐든지 할 수 있다는 믿음으로 나아가는 사람은 결국 자기를 사랑하고 자기 인생을 소중히 여기는 사람이라는 생각이 든다. 내 인생을 사랑하는 나는 그래서 뭐든지 할 수 있다는 자신감으로 실패나 실수를 두려워하지 않고 앞으로 계속 나아간다.

수적석천(水滴石穿)이라는 사자성어가 있다. 작은 물방울 하나가 계속해서 떨어지며 큰 바위에 구멍을 내는 걸 가리키는 말이다. 나는 이 장면을 내 두 눈으로 직접 보았다. 그곳은 둘째와 셋째를 출산한 산속 집이었다. 모든 것이 고요한 가운데 나는 집 마당에 나와 자연 풍경에 도취하여 있었다. 그리고 집으로 돌아가기 전에 수도꼭지를 발견했다. 그 수도꼭지는 분명히 잠겨 있었다. 한데 완전히 잠기지 않은 것인지 고장이 난 것인지는 모르겠으나, 수도꼭지에서 물방울이 똑똑 떨어지고 있었다. 물방울이 떨어지는 자리를 보니 시멘트 바닥에 깊이 구멍이 나 있었다. 똑똑, 똑, 똑… 떨어지는 작은 물방울이 단단한 콘크리트를 뚫은 장면은 나의 가슴을 강타했다. 자연스레 저 물방울처럼 '나도 할 수 있다.'는 사실을 깨우쳤다. 내가 실수가 잦은 사람이지만 포기하지 않고 꾸준히 하다 보면 나도 뭐든 할 수 있는 사람이라는 믿음이 생겨난 것이다.

이후 나는 나에 대한 믿음과 자신감이 더 붙었고 뭐든 할 수 있는 사람으로 성장했다. 누구보다 더디고 어려운 점이 있더라도 부딪히고 앞으로 나아갈 용기가 생겼다. 이런 '성장'은 '깨우침'으로, '깨우침'은 '꾸준함'으로 나를 일깨웠고 나는 뭐든 할 수 있는 사람으로 성장하고 있다. 내가 그렇듯 누구나 할 수 있다. 스스로에 대한 믿음만 있다면 말이다. 그 믿음으로 포기하지 않는다면 어떤 꿈도 이룰 수 있다. 단 비전 있는 꿈을 꾸어야 한다. 또 자신에게 맞는 꿈을 자신만의 속도로 차근차근 나아갈 때 그 꿈에 다다를 수 있다.

2021년 언젠가 내 몸의 열이 38도를 찍으며 너무 아팠다. 4살과 5살인 연년생 아들과 딸이 물과 약을 갖다 주면서 옆에 있어 주었다. 어린아이 손길로 위로받으며 나는 일어났다. 아무리 작은 손길이라도 내게는 큰 힘이 되었고, 나는 이 정도 몸의 아픔은 얼마든지 이겨낼 수 있다는 생각이 들었다. 나는 뭐든지 할 수 있는 사람으로 일어설 수 있었고 아픈 것도 금방 치료되었다. 뭐든지 할 수 있다는 생각은 이렇게 아픈 몸마저도 거뜬하게 이겨낼 수 있게 하는 원천이다. 내 아이들의 손길과 난 뭐든지 할 수 있다는 믿음으로 몸의 아픔조차 이겨내고 일어선 나는 아이들에 대한 사랑은 커졌고, 할 수 있다는 믿음은 커질 수밖에 없었다.

2022년 6월 5일 *EBS*에서 방영한 〈할 수 있다고〉라는 프로그램을 시청했다. 그때 주인공은 드럼을 정말 잘 치는 아이였다. 장애인 사이에서는 상급이고 일반 사람들 사이에서는 중급까지 끌어올린 윌리엄스 증후군(*William's Syndrome*)을 가진 아이였다. 방송에서 그 아이는 진행자인 위라클과 친해지면서 상대를 배려할 줄도 알며 촬영을 진행했다고 한다. 아이의 드럼 실력도 놀라웠지만 가족을 소중히 생각하는 자세도 놀라웠다. 한편으로는 증후군을 앓는 아이를 훌륭하게 키워내기까지 어머니의 심정과 고생이 오죽했겠느냐는 생각도 들면서 감격스러웠다. 아이는 어떤 조건이나 환경이든 할 수 있다는 믿음으로 나아가면 길이 있음을 보여줬다. 또한, 그 어머니의 아이에 대한 믿음이 결국 아이를 멋지게 키워낼 수 있음도 보여주었다.

내가 좋아했던 교수님도 내게 전화해 나에 대한 믿음을 보여주었고, 감사한 나의 홍선미 스승님 또한 모두가 외면해도 나를 믿어주셨다. 그분들은 내가 가장 힘들 때 위로하고 격려하며 내가 할 수 있는 일을 찾아주시려고 해주셨다. 그들의 믿음으로 나는 변화했고 뭐든 할 수 있는 사람이라는 믿음이 커졌다. 이처럼 단 한 사람이라도 믿어주는 사람이 있다면 누구든 스스로 뭐든 할 수 있다는 생각으로 용기를 얻고 도전할 수 있다.

나는 남편에게서 벗어나 내 길을 걸어간다. 남편은 마이클 리라는 유명한 뮤지컬 배우와 내가 그토록 좋아했던 김윤진 배우와 함께 미국으로 드라마 촬영을 하러 갔다. 이전부터 영어로 줌 미팅을 하며 열심히 준비하고 노력했는데 실제 촬영에 들어간 것이다. 남편을 봐도 정말 노력하는 사람에게는 좋은 기회가 온다는 생각이 든다. 이런 남편과 나 사이에는 사실 간격이 크다는 것도 안다. 하지만 남편은 내가 자신에게서 벗어나 스스로 도전하는 것을 늘 격려하고 응원한다. 남편이 나를 믿어주고 응원하니 나는 할 수 있는 사람이라는 믿음은 더 커진다. 나는 남편의 응원을 받으며 내 수준에 맞는 공부와 내 수준에 맞는 일들부터 차근차근히 해 나가고 있다. 할 수 있다는 믿음으로 내가 꾸준히 성장하니 '느린 학습자 시민회'에서도 이메일로 나의 성장을 칭찬해 주었다.

나는 스스로 뭐든지 할 수 있는 사람으로 생각하며 행복해하는 내가 좋다. 그런 행복 가운데 내 삶을 여유롭게 음미할 수 있는 사람이 되었다. 이런 여유야말로 마음에서 흘러나와 가능한 일이고 나에 대한 믿음이 없이는 느낄 수 없다. 이제 위기 속에서도 나를 믿으며 여유를 즐길 수 있는 인생을 펼쳐가고 있다. 이런 나는 뭐든지 할 수 있는 사람이라고 늘 나를 토닥이며 스스로를 칭찬한다. 그리고 남편과 친구들은 내가 "잘하고 있다."며 말해주고, 하나님 또한 내 곁에 있다고 믿는 나는 뭐든지 할 수 있는 사람이다.

말을 바꾸면 기적 인생이 펼쳐진다

괄목상대(刮目相對)는
눈을 비비고 상대방을 대한다는 뜻으로,
상대방의 학식이나 재주가 몰라볼 정도로 나아졌음을 이르는 말.

나는 쓸데없는 고집이 많은 사람이었다. 지금도 나를 돌아보면 그때 내가 안타깝다. 돌아보면 냉정함이 필요했는데 그러지를 못했다. 쓸데없는 고집은 나 자신을 존중하지 않는 일이었고, 결국 그 결과는 부메랑이 되어 나에게 다시 돌아왔다. 자신을 존중하지 않는 건 다른 사람도 나를 존중하지 않는 일이었다. 나의 행태가 쓸데없는 고집이었다는 건 책을 쓰면서 알 수 있었다. 그 사실을 알고 나니 주변 사람들에게 정말 미안했다. 특히 가족들에게는 더욱 미안하고 마음 깊이 반성하는 마음이 들었다. 남편 눈에 맺힌 눈물도 슬쩍 보았고 우리 아이들을 위기까지 내몰았으면서도 그때 왜 그렇게 고집을 부렸는지 지금으로선 이해하기 힘들다. 그때 내 몸과 마음이 다쳐 상처가 컸다지만 그것만으로 이해할 수 있는 일은 아니었다.

그런 어려움을 겪고 나는 다시 태어났다. 아직도 한 번씩 냉정함을 잃기도 하지만 그때와는 차원이 다르다. 한순간 냉정하지 못하다가도 그 상태를 계속하지 않고 내게 가장 중요한 것이 무엇인지를 판단하고 내가 해야 할 일, 내가 하고 싶은 일을 생각해 내고 냉정함을 찾는다. 무엇보다 그런 위기의 순간에 하나님이 동행한다는 사실을 떠올리고 긍정의 말로 나를 다독인다. 그렇게 나를 다독이면서 평정을 찾고 이성적으로 판단하게 된다. 내가 이렇게 변하는 데는 무엇보다 책의 힘이 컸다. 책을 통해 현재의 나로 태어날 수 있었기 때문이다. 책이 아니었으면 그런 나를 극복할 수 없었을 것이고, 이렇게 기적적으로 다시 태어난 듯 살아가지도 않았을 것이다. 책이 나를 구원해주었다. 또 하나님이 성경으로 지혜를 주셨고 구원해주셨다.

현재 내가 살아가는 건 과거 쓸데없는 고집을 부리며 나와 주변을 괴롭히던 그때와 비교하면 기적과도 같은 일이다. 책을 통해 나는 긍정의 말이 삶에 미치는 영향을 알았다. 차츰 내가 하는 말을 긍정의 말로 바꾸었고 현재의 기적 같은 삶으로 차츰 바뀌었다. 이렇게 말은 그 말을 하는 사람의 삶을 지배한다. 삶이 힘들수록 그 삶에서 벗어나려면 긍정의 말로 바꾸어야 한다. 내가 말이 바뀌어서 기적의 주인공이 되어가는 것처럼 긍정의 말이 누구에게나 기적 같은 삶을 선물할 것이다. 말을 바꾸고 그 말의 결과로 삶을 바꿔 스스로 서는 이 기쁨은 말로 다 형용할 수가 없다. 말을 바꾸자. 긍정의 말로 바꾸자. 긍정의 말로 바뀌면 자신의 인생이 기적같이 바뀔 것이고 자신이 자기 삶의 주인공이 될 것이다.

기적의 주인공으로 우리에게 널리 알려진 사람이 있다. 그중에 교통사고로 전신마비가 되었지만, 유튜버로 새로운 삶을 다시 연 유명한 '위라클(본명: 박위)'도 있고, 감전 사고로 두 팔을 잃었으나 의수를 한 채 그림을 그려 전혀 다른 삶을 사는 석창우 화가도 있다. 그는 자신이 할 수 있는 일을 이것밖에 없다는 사실을 겸허히 받아들였다. 그것을 꾸준히 하여 의수 화가로 우뚝 섰다. 책 『왓칭』에 나오는 입으로 그림을 그리는 구족화가 '조니 타다(*Joni E. Tada*)'도 기적의 주인공이다. 조니 타다는 경건하게 평화와 감사로 글자를 써 내려가는 사지 마비 환자를 보고 힘을 냈다고 한다. 그는 육신을 뛰어넘어 내면에 존재하는 무한한 잠재력의 또 다른 나를 발견하고 새 삶을 열었다. 나는 이들의 삶을 보면서 내가 작가가 된 내 삶이 하염없이 고맙고 마음속 깊이 감사하다. 나는 책을 통해 내 삶을 객관적으로 바라보고 기적 같은 삶을 산 사람들을 만나면서 이것이 나에게 얼마나 큰 전환점이 되었는지 모른다. 그렇게 전환점을 맞은 나는 아픈 과거에서 벗어나 이제는 기적 같은 삶을 살고 있다.

자기 자신을 사랑하는 것은 자신의 인생을 기적처럼 만들어 낼 수 있다. 고집불통이었던 내가 나를 객관적으로 바라보고 나를 사랑하면서 변화가 일어나기 시작했던 것처럼, 무엇보다 먼저 자신을 스스로 아끼고 사랑해야 한다. 그리고 자신이 원하는 것을 말하고 행동하라. 그런 긍정의 말이 당신 삶을 바꾸고 당신을 빛나는 사람으로 이끌어 줄 것이다. 나는 나를 그린다. 긍정의 글과 말로 내 인생을 차분히 그려 나간다. 그렇게 나는 나를 사랑하는 사람이 되었고, 작가가 되어 인생을 바꿨고 삶을 써 내려가는 주인공이 되었다. 나는 나의 세계를 사랑하는 작가다. 나는 글을 쓰면서 무엇이든 할 수 있다는 긍정의 언어로 무장했다. 나도 했으니 당신도 당연히 할 수 있다.

나는 내가 만든 긍정의 확언을 읽고 또 읽는다. "나는 가치 있는 사람이다.", "나는 정말로 나다운 사람이다.", "나는 나를 사랑하는 사람이다.", "나는 앞으로 나아가는 사람이다.", "나는 웃는 사람이다.", "나는 안전하다.", "나는 나를 존중한다.", "나는 내가 좋아하는 것을 한다.", "나는 나를 용서한다.", "나는 나를 챙긴다.", "나는 나를 믿는다.", "나는 걷는 사람이다.", "나는 꽃이다." 등등. 나는 이런 긍정의 확언을 외고 또 외우며 내 삶을 바꾸었다. 그렇게 나는 내 인생의 주인공이 되었다.

자기 삶의 주인공이 된 사람은 자식에게도 자식 스스로 살아갈 길을 충분히 찾을 수 있도록 해야 한다. 『모든 것은 기본에서 시작한다』(2021)는 손흥민을 키운 손웅정 아버지의 책이다. 그는 이 책에서 "아이의 실력을 냉정히 판단해야 한다. 자신이 선택하고 책임져야 한다. 그리고 능동적이고 주도적으로 살지 않으며 자신을 잃는다."고 이야기한다. 뛰어난 축구 선수가 아니라 자기 자신이 삶의 주인공으로 살아야 한다는 이야기이다. 이 말처럼 자기 인생의 주인공이 되는 건 돈이나 인기가 아니다. 스스로 자기 인생의 주인공이 되지 못한다면 제아무리 돈이 많아도 돈의 노예일 뿐이다. 이제 나는 더이상 쓸데없는 고집을 피우지 않는다. 나를 알았고 긍정의 언어를 통해 내 삶을 바꾸었기 때문이다. 기적처럼 자기 삶을 바꾸고 인생의 주인공이 된 사람은 그런 고집은 나를 좀먹는 일이란 걸 잘 안다. 이미 내 인생의 주인공이 된 나에게 이제 고집은 나의 길이 아니다.

나는 책에서 얻은 언어로 기적을 일으켰다. 그 기적은 지금도 진행형이다. 나는 여전히 긍정의 말로 나에게 더 큰 기적이 일어날 수 있다고 스스로 믿는다. 긍정의 말은 건강도 찾게 해주었고 샘솟듯 지혜로움도 솟아 나온다. 하나님도 만나려고 노력할수록 하나님이 나를 쓰려고 하시는 손길이 느껴진다. 나의 친정아버지께서는 내게 "교회라도 다녀!"라며 내가 힘들어할 때 그렇게 용기를 주셨다. 그렇게 나는 하나님을 만났고 좋은 사람을 만나며 책을 쓸 수 있었다. 말이 바뀌었고 고집과 아집에서 벗어나 진짜 나를 만났고 삶이 바뀌는 기적이 일어났다. 자, 말이 바뀌면 기적의 인생의 주인공이 된다. 자신의 문제는 스스로 풀어야 한다. 스스로 말부터 바꿔보자. 말이 바뀌면 분명히 당신 삶에도 기적이 일어난다. 이는 나의 간증이다.

다섯 번째 미라클 맵

긍정 마인드 힐링법

부정의 생각을 멀리하라

"마음의 준비만 되어 있다면, 모든 준비는 다 된 셈이다."

- 윌리엄 셰익스피어(William Shakespeare)

나는 부정 마인드를 가진 사람들을 멀리한다. 나에게 상처를 주는 말을 하거나 내 일에 방해가 된다면 그냥 멀리하면 된다. 이는 나를 특별히 존중하기 위해서다. 힘들게 마음을 다잡고 나를 존중하고 사랑하게 되었는데 그들 때문에 이런 마음이 흔들려서는 안 되기 때문이다. 내 삶을 나 자신으로 걸어가고 살기 위해서는 멀리할 것은 멀리해야 할 필요가 있다. 긍정적인 마음을 가진 사람을 가까이하면 부정적인 사람을 가까이하는 것과는 반대로 용기와 활력을 얻는다. 생각은 전염된다고 하는 것처럼 부정적인 사람을 옆에 두면 부정적으로 변하고, 긍정적인 사람이 곁에 있으면 자신도 긍정의 사고를 하게 되는 것이다. 나는 그동안 부정적인 마인드를 가진 사람들을 멀리하며 긍정으로 나를 채우려고 노력해왔다. 내가 살아가야 하는 삶은 내가 책임져야 했기에 나의 목표를 위해서는 긍정적인 사람들과 함께해야 도움이 된다고 판단했다.

나는 희망적인 삶을 살아내려고 한다. 내가 가지고 있는 것에 감사하며 지금을 살 수 있는 삶을 살고 싶다. 나를 지지하는 사람들과 함께 나아가며 그들에게 긍정의 기운을 받으며 내가 가진 긍정의 에너지 또한 그들에게 전하려고 한다. 내가 고통과 쓰라림 가운데 있어도 지켜주는 사람들을 기억하며 긍정적으로 생각해야만 고통에서 벗어나 행복하게 살아낼 수 있다. 회복의 가능성이 없어 시한부 생명을 선고받은 악성 뇌종양 환자 7명과 그의 가족 22명을 심층 인터뷰한 연구가 있다. 환자들은 긴 인터뷰를 통해 자신이 현재 처한 상황은 고통스러운 경험이지만 그런 과정에서 자신 안에 있던 강인함과 회복 탄력성을 스스로 발견할 수 있었다고 응답했다. 환자들은 특히 가족이나 친지들과 자기 경험을 이야기할 수 있다는 사실 자체에 깊이 감사를 표했다. 죽음을 수개월 앞둔 이 환자들은 불치의 병에 걸리고 나서 스스로 무엇인가를 배우고 깨닫게 되었다고 말한다.

그들은 불치의 병이 없었다면 도저히 불가능했을 그런 사고의 전환과 성장이 가능했다. 어떤 환자는 시한부 생명을 선고받은 이후에 자신의 진정한 삶이 시작되었다고 말할 정도이다. “시한부 생명 선고가 오히려 삶을 천천히 되돌아보게 하고, 삶의 모든 순간을 즐길 수 있게 해주었다.”라는 것이다. 심지어 어떤 환자는 “그것이 나에게 도전하고 싸울 수 있는 특별한 힘을 주기도 한다.”라고 말하기도 했다. 그들은 시한부 생명을 선고받은 환자들임에도 놀라울 정도로 자신의 처지와 주위 사람들에게 감사하는 긍정적 태도를 보여주었다. 그들이 자신의 시한부 선고를 부정적으로만 받아들였다면 그들은 생을 다하는 날까지 미워하고 원망하며 불행했을 것이다.

부정적인 생각은 일찌감치 끊어내고 이로부터 자유로워지면 불행은 나를 찾아오지 않는다. 그런데 부정적인 마인드를 지닌 사람을 자주 만난다면 멀어진 불행이 다시 찾아올지도 모른다. 그러니 부정적인 마인드를 가진 사람들을 멀리하자. 대신에 만나면 즐겁고 반가운 긍정적인 사람들을 가까이하자. 그러면 세상일은 생각하는 대로 이루어진다. 또한 어떤 것을 상상하고 염원하면 그것이 현실이 되어 찾아올 것이다. 나쁜 생각을 계속하면 나쁜 일이 찾아오고 좋은 생각만 하면 좋은 일이 찾아오는 것이다. 지금 내가 생각하고 있는 것들을 냉정하게 들여다보자. 부정적인 생각을 하고 있다면 당장 긍정의 생각으로 바꾸어라. 마인드만 바꾸면 생각한 대로 행복과 행운이 가득한 감사한 시간으로 채워진다.

사람은 주어진 상황이 최악이어도 자기 생각과 태도를 바꿀 수 있다. 빅터 프랭클(*Viktor Frankl*)은 절망 속에서도 희망을 잃지 않고 행복을 찾은 전설적인 인물이다. 그는 나치의 강제 수용소에서 부모, 형제, 아내를 모두 잃었다. 혹독한 추위와 핍박과 공포 속에서도 그는 삶의 의미를 잃지 않았다고 한다. '왜 살아야 하는지.'는 그가 어떤 상황에서도 버틸 수 있게 해주었고, 그는 끝내 살아나올 수 있었다. 그의 사례는 긍정의 사고와 태도만이 죽을 것 같은 상황에서도 살아나게 하는 희망이라는 것을 보여준다. 2021년 나는 경계선 인지장애 아이들을 위해서 학교를 설립하신 분이 적지 않은 나이에 운전면허증을 취득한 것을 봤다. 멋있었다. 할 수 있다고 믿으면 할 수 있다는 것을 보여주었다. 나이가 문제가 아니라는 사실을 말이다. 이제 38살인 나도 무엇이든 믿으면 믿는 대로 할 수 있고 누구라도 그럴 수 있다.

나는 아이들이 보는 책 『슈퍼 거북』(2014)을 보면서 이루 말할 수 없는 '행복'을 발견했다. 누군가가 말한 그 빠름은 단지 세상의 기준이었다. 나의 기준대로 나의 속도대로 하면 되는 것이었고, 행복은 그때 찾아오는 것이었다. 그렇게 내 속도대로 가고 있는 나는 이를 확인하니 행복할 수밖에 없었다. 언젠가는 조용필의 「바람의 노래」(1997)를 들으며 나를 느꼈다. "이 세상 모든 것들을 사랑하겠네."라는 가사처럼 내가 세상에 존재하는 이유를 알 수 있었고, 나를 가치 있게 다룰 때 점점 다른 존재에게 베푸는 사랑도 커지며 나의 행복도 커진다는 믿음이 들었다. 그렇게 내 존재 이유를 찾은 나는 그 존재의 뜻이 하나님의 뜻일 때 귀한 쓰임을 받을 것이라고 믿는다.

다시 말하지만 오로지 긍정 마인드만이 살길이다. 부정 마인드는 자신을 불행의 길로 안내한다. 앞에서 살펴본 빅터 프랭클과 같은 사람들은 한결같이 자신의 고통과 시련을 긍정적으로 바라보고 그것을 적극적으로 받아들이며 오히려 그러한 역경을 도약의 발판으로 삼았다. 그런데 아픔과 괴로움을 겪게 되면 어서 그 상황에서만 벗어나고 싶은 것이 인지상정인데, 그런 상황에서 긍정적으로 생각하고 희망을 품는 것이 가능한 일일까? 도대체 어떻게 해야 고통과 좌절을 긍정적으로 바라볼 수 있는 것일까? 이에 대해 심리학자인 대니얼 카너먼(*Daniel Kahneman*)은 사람에게 기억 자아가 있다고 보며, 이 기억 자아가 자신의 고난과 역경에 대해 긍정적인 의미를 부여하고 긍정적으로 상상하게 한다고 말했다. 이 설명을 볼 때 누구라도 악조건에서도 긍정의 사고와 태도가 가능함을 알 수 있다.

앞에 말했듯이 긍정의 마인드를 지닌 사람은 스스로가 자신의 보호자가 된다. 자기를 스스로 지키는 사람은 아무리 힘들어도 자기 자신을 믿으며 그 무엇도 할 수 있다고 생각하며 소중한 사람이 곁에 있을 때 자신뿐만 아니라 그 역시도 지켜내려고 한다. 하지만 부정적인 마인드는 자기 자신도 지킬 줄 모르고 주변 사람을 지키기는커녕 부정적 사고를 퍼트리며 다른 사람마저 부정적 사고로 얼룩지게 한다. 그러니 앞에서 얘기한 것처럼 당연히 피해야 한다. 나는 지켜야 할 가족이 너무 많다. 친정 아빠가 돌아가신 그 자리를 내가 메꾸어야 한다. 가장 힘들어하시는 친정엄마의 옆자리, 남동생의 보호자, 임종이 가까워지는 친할머니, 그리고 나의 보물인 세 아이, 내 삶의 동반자 남편 등등이다. 나는 긍정의 마인드로 나를 지키며 그 긍정의 마인드로 그들을 물들이며 그들이 그들 삶의 주인이 되게 하고 싶다. 이렇게 가족 모두가 긍정 마인드로 어울려 살아간다면 행복과 존중, 삶의 보람이 커질 것이다. 나는 계속해서 긍정의 기운을 갖고 앞으로 나아갈 것이며 나를 지키기 위해 부정적인 마인드를 가진 사람을 멀리할 것이다.

긍정 마인드로 날마다 새롭고 행복하게

"나이 마흔이 넘으면
자기 얼굴에 책임을 져야 한다."

– 에이브러햄 링컨(Abraham Lincoln)

나는 이렇게 글을 쓰고 있어서 행복하다. 한때는 글을 쓰며 죄책감에 시달리기도 했다. '내가 이렇게 글을 쓰는 것이 나쁜 짓일까?', '부모님이 그렇게 원하시는 직업의 성공을 이루기 전에 딴짓하는 것이 아닌가?' 그때는 내가 좋아하는 것을 하면서도 왜 그렇게 고통스러워했을까? 그렇게 죄책감으로 글을 쓰기도 했지만, 어느 순간 이를 넘어섰다. 이제 나는 스스로를 사랑하고 존중하는 자세로 내가 좋아하는 일을 선택해서 나는 한 걸음씩 나아간다. 내 미래는 내가 정하고 내가 책임지는 성숙한 어른이기에 긍정의 산소를 내 몸과 영혼에 가득히 채운다. 날마다 그렇게 나답게 걸어가고 나다운 긍정 마인드로 산다.

앞에서 부정 마인드와 긍정 마인드를 가진 사람의 삶이 무엇이 달라지는지 충분히 설명했다. 이 둘의 차이를 아는 나는 앞으로 나아가면서 긍정 마인드는 더 채우고 부정 마인드는 버리려고 노력한다. 날마다 '나는 꿈을 안고 살아가는 최민정'이라고 생각하고 되뇌면서 긍정 마인드를 강하게 주입한다. 남편이 언젠가 내게 말했다. "꿈과 희망도 꾸지 못하는 사람도 있어." 그 말을 듣는 순간 나는 머리에 지진이 난 듯 충격을 받았다. 충격을 가라앉히고 '나는 그래도 꿈을 꿀 수 있잖아.'라는 생각이 들었다. 그렇게 나는 잠깐의 대화 속에서도 긍정 마인드를 찾고 생각하고 느끼며 나아가고 있다. 지금 이 순간도 내게 남겨진 것에 감사하며 살아갈 것이라는 긍정의 생각이 가득하다. 긍정은 긍정을 낳는다. 그렇게 나는 긍정으로 날마다 내 마음을 새롭게 하고 행복을 가득히 채워가며 살아간다.

나는 스스로 노력과 훈련으로 충분히 회복탄력성을 높일 수 있다는 사실을 알게 되었다. 회복탄력성을 높이려면 무엇보다 긍정의 마음이 중요하다. 앞에서 언급한 것처럼 내 마음을 긍정으로 바꾼 계기는 무엇보다 책 읽기와 필사, 책 쓰기였다. 이 과정을 거치는 동안 나는 나도 모르게 순식간에 긍정녀로 바뀌게 되었다. 긍정의 사고를 하고 나니 그동안 아팠던 날들을 용서하고 보낼 수 있었고, 어떤 환경에서도 희망을 생각하는 지금이 너무 좋다. 어떤 일이 생기더라도 웃을 수 있는 여유가 생겨난 것이다. 물론 내가 부족한 점도 많지만, 나의 부족한 점을 아는 나는 두려워하지 않고 앞으로 계속 전진하며 나아간다. 내 부족한 점은 노력으로 얼마든지 고칠 수 있다고 믿기 때문이다. 나 자신을 스스로 알고 부족한 점을 보완하기 위해 애쓰는 내가 하염없이 고맙고 감사하다. 나는 이렇게 날마다 긍정 마인드로 살아간다.

하루하루 새로운 날이라고 생각하면 다시 태어나는 것과 같다. 나에게는 하루하루가 새로운 날이고 그런 나는 날마다 다시 태어나는 셈이다. 이렇게 난 긍정 마인드로 매일 같이 내 마음을 채우고 있다. 매일 그렇게 마음이 채워질수록 삶이 풍요로워짐을 느끼곤 한다. 세상 모든 것은 그 자체로 자연스럽게 존재한다. 나 역시도 마찬가지이다. 내 존재를 그 자체로 자연스럽게 받아들이는 건 나를 자유롭고 평화롭게 느끼게 하며 긍정의 기운이 온전히 스며든다. '오늘 하루도 긍정 마인드로 행복한 하루를 보내겠다.', '오늘은 내가 가진 가장 젊은 날이다.', '주저하고 망설이다 하루가 다 간다. 그저 지금을 살아가자.', '내가 할 수 있는 일을 하고, 내가 갈 수 있는 길을 가고, 내가 느낄 수 있는 것들을 즐겁게 긍정 마인드로 임하자.' 등등 항상 이렇게 긍정의 생각을 하다 보면 기적이 어느새 내 삶에 침투해 나의 전체를 감싸주는 느낌이 든다. 긍정의 생각이 나를 채우면서 소중한 나를 꽃 피우게 해주는 것이다.

> "용서는 자기가 원하는 것을 삶이 허락해주지 않았을 때도 평화롭게 살아가는 것이다."

프레드 래스킨(*Fred Raskin*)의 말이다. 이 말처럼 나는 당장 일이 풀리지 않거나 내 뜻대로 되지 않을 때도 마음의 평온을 유지할 수 있었다. 날마다 긍정적으로 마음으로 나를 채우니 가능한 일이었다. 이런 마음의 평안은 나에게 더 큰 긍정을 선물하며 나는 또 긍정의 마음을 채우게 된다. 긍정은 이렇게 긍정을 낳고 선순환하게 만든다. 자제력을 갖고 현실과 조화를 이루며 언젠가 마음의 평온이 깃들 수 있다면 인생이란 겁 없이 찾아온 장애물을 두려움 없이 걷어찰 수 있다. 이는 바로 긍정의 생각으로 살아갈 때 나오는 힘이다. 날마다 긍정 마인드로 행복을 느끼며 마음을 채우자. 긍정 마인드로 오늘과 내일에 감사하며 살아가자. 감사하며 산다면 긍정의 마음은 절대 바닥나지 않을 것이다.

나 '최민정'은 자신을 사랑하는 작가이다. 그래서 첫째 필사를 하며 긍정적인 마인드를 갖는다. 둘째 책 읽기로 긍정적인 기운을 찾는다. 셋째 많은 이들에게 긍정의 기운이 들도록 글을 공유한다. 나는 이 세 가지를 실천하면서 긍정 마인드를 내 마음에 채워나간다. 나는 이렇게 글과 책으로도 긍정의 마음을 끊임없이 채우는 중이다. 긍정 마인드로 한 뼘 더 성장한 나는 앞으로도 더 깊이 긍정의 마음을 채우며 쑥쑥 성장할 것이다. 긍정으로 마음을 채운 나는 가장 어려운 순간에도 앞으로 나아갈 용기가 생겼다. 스스로 서는 사람도 되었다. 늘 내 곁에 같이하는 사람들이 있다는 사실도 잊지 않는다. 긍정으로 채운 마음은 내 선택에 자신 있게 나를 밀어 넣도록 했고, 나의 마음 신호등은 초록불이 되었다. 나는 날마다 이렇게 긍정 마인드로 자신을 무장하며 나를 지키고 성장한다. 할 수 있다고 믿으면 그 믿음대로 된다. 정말 된다.

미래의 희망을 꽃피우는 긍정 마인드

"실수를 두려워하지 말라.
거기엔 아무것도 없다."

– 마일스 데이비스(Miles Davis)

제아무리 어려운 상황에서도 '방법이 있겠지.'라는 긍정의 태도로 살아보자. 끝이 보이지 않는 막막한 터널에 갇힌 것처럼 절망적인 상황에서도 이런 긍정의 마음은 해결책을 찾아준다. 다시 말하지만 당장 하늘이 무너질 것 같아도 긍정의 마음을 품어라. 그런 긍정의 마음만이 미래의 희망을 꿈꾸게 한다. 나는 아픔과 상처투성이였을 때 살기 위해서는 무엇이라도 잡아야 했다. 더 이상 물러설 곳이 없는 막다른 곳에서 내가 그 아픔에서 벗어날 수만 있다면 어떤 것이든 받아들이고 해내야 했다. 나는 책 쓰기를 하며 긍정의 마음을 배웠고 그 책이 나에게 희망을 가르쳐주었다. 그리고 긍정 마인드로 앞으로 나아가는 사람이 되었다. 바로 미래를 준비하는 사람이 된 것이다. 긍정 마인드로 희망을 품은 나는 이제 여기저기 불려 다닌다. 내가 품은 희망을 본 이들이 내 미래에 더 큰 희망으로 나를 세워주려고 하기 때문이다.

책 쓰기는 구렁텅이에 빠진 것과 같은 나에게 희망이라는 빛을 주었고, 실행력마저 겸비하게 해주었다. 책 쓰기가 나의 긍정적 미래를 보고 나아가게 하는 한 줄기의 빛이었던 셈이다. 긍정은 희망을 품게 하고 세상을 좋은 방향으로 이끌어준다. 그래서 나는 오늘도 긍정 마인드로 미래의 희망을 꿈꾼다. 긍정 마인드는 또한 멈추지 않고 앞으로 계속 나아갈 수 있게도 해준다. 꿈을 가슴 깊이 스스로 새기며 앞으로 나아가게 해주는 것이다. 꿈을 향해 나아간다는 건 앞날을 낙관하고 삶을 즐겁고 유쾌하게 살아가게 하는 원동력이다. 그런 삶의 원동력은 긍정적인 방향이 무엇인지 판단하게 하면서 미래를 향해 스스로 끌어가게 한다. 그렇게 나아갈수록 자신의 쓰임새를 알게 되고 자신의 존재는 가치 있게 빛이 나게 된다. 나는 작가로서 미래의 희망을 쓰는 존재다. 희망을 쓰며 긍정 마인드를 부착하고 건강하게 살아간다. 건강을 잃으면 모든 것을 잃는다. 다시는 건강을 잃지 않기 위해 계속해서 글과 책으로 나를 보호하며 희망차게 살아가려고 한다.

누구나 글을 쓰는 것은 성장하는 일이다. 미래를 희망으로 그려내는 것이다. 나는 그중 한 사람이다. 글을 써야 내 생각을 점검할 수 있고, 글을 써야 내가 중심을 잡을 수 있다. 나는 나를 믿으며 '힐링 예술가'로 그렇게 살아간다. 부족한 점이 있지만 위로가 필요한 사람들에게 조금이나마 힘이 되길 바라며, 어떻게 무슨 방법으로 긍정적으로 살아가는지를 보여주고 싶다. 책 쓰기는 이렇게 내가 기록되고 내가 살아가게 되는 바탕이자 누군가에게 내미는 사랑과 위로의 손길이다. 교통사고로 허벅지 아래 왼쪽 다리를 잃어버린 사람이 있다. 독학으로 골프를 배운 그녀는 '장애는 아무것도 아니다.'라는 의지로 꾸준히 실력을 키웠고, 2018년 세계장애인골프선수권대회 우승을 포함해 여러 대회에서 우승컵을 거머쥐었다. 장애를 딛고 일어선 그녀는 포기하지 않고 긍정적인 믿음으로 살아낸 사람이다. 하루하루 충만한 삶을 산 그녀에게 박수를 보낸다. 긍정적으로 사고하면 긍정적으로 인생이 흘러간다. 원하는 것이 있다면 성취할 수 있다고 믿자.

긍정 마인드로 늘 감사하며 미래의 희망을 그려내자. 긍정을 통한 감사의 열매는 정말 달콤하다. 미사여구로 혹하려는 게 아니다. 『소망을 이루어 주는 감사의 힘』(2012)이라는 책에서는 물의 결정체를 사진으로 보여준다. 물을 놓고 '사랑'과 '감사'를 말했을 때, 물의 결정체는 정말 신비로울 만큼 아름답다. 나는 하나님께서 주신 선물을 바라보는 듯했다. 물마저도 감사하는 긍정의 말이 전해졌을 때 결정체가 아름답게 변한다는 사실은 시사하는 바가 크다. 나는 아이에게 감사함이 얼마나 중요한지를 몸소 보여주려고 한다. 나를 매섭게 단련시키는 가운데서도 나는 늘 감사해하며 아이들에게 본이 되려 한다. 이렇게 내가 언제나 감사하는 마음을 잃지 않는다면 아이들도 이를 알 것이고 어느새 감사가 몸에 밸 것이다. 감사하는 마음으로 자란 아이들의 미래는 아무런 걱정을 할 필요가 없을 것이다.

하루하루 나의 삶을 즐겁게 맞이하고 감사하게 보내는 나는 나를 사랑하고 내 삶을 사랑하며 살아간다. 하루하루가 즐겁고, 감사하니 긍정의 마음은 더욱 커지고 삶은 더욱 즐겁고 감사한 일로 가득하다. 삶에 대한 애착과 삶이 주는 고마움은 긍정의 마음과 감사로부터 시작되었다. 희망과 감사가 커지고 나니 더 많은 것을 나눠주고 즐길 수 있을 때 내 삶이 풍요롭다는 것도 느낄 수 있었다. 긍정 마인드로 희망을 만든 나는 이제 흔들리지 않는 긍정의 마음으로 더 큰 희망을 향해 나아간다. 그렇게 한 걸음 한 걸음을 가다 보면 어느새 모두의 행복이라는 도착점에 있지 않을까? 나는 그 도착점을 향해 오늘도 희망의 한 걸음으로 나아간다.

긍정이 긍정을 낳다

"작가에게 눈물이 없다면 독자에게 눈물도 없다.
작가에게 놀람이 없다면 독자에게 놀람도 없다."

– 로버트 프로스트(Robert L. Frost)

긍정 마인드는 지구도 들어 올리는 힘이 있다. 긍정할수록 긍정의 힘은 계속 강화된다고 나는 믿는다. 나 하나의 긍정 마인드는 전파되고 전파되어 지구촌 전체로 퍼져나가고 모두의 삶을 일으키는 역할을 할 수 있다. 어떤 악조건에서도 '뭐 그럴 수 있지.'라는 긍정으로 생각하며 포기도 절망도 하지 말자. "장애는 이제 더이상 장애가 아니다."라고 말하고 싶다. 누구든지 극복할 수 있는 장애가 있고 극복할 수 없는 장애가 있다면 거기에 만족하고 행복할 수 있는 방향을 세우고 긍정 마인드로 무장하면 된다는 의미이다. 어쩌면 우리 삶을 옥죄는 감옥은 어쩌면 자신이 스스로 만든 것일 수도 있다. 모든 걸 부정적으로만 바라보고 생각하는 게 감옥이 아니면 무엇이겠는가. 내가 일어선 것처럼 당신도 일어설 수 있다. 나는 정신을 잃을 정도로 큰 트라우마가 장애로 이어졌지만, 인정하고, 따뜻하게 감싸 안으며, 차근히 노력하여 이를 넘어서 늘 긍정하며 행복하게 살아간다.

"하늘 아래 내가 받은 가장 커다란 선물은 오늘입니다."

나태주 시인의 시 「선물」의 한 구절이다. 이 시처럼 오늘 하루를 열심히 잘 살아가는 게 내게는 선물이다. 나뿐만 아니라 하루하루를 선물로 여기는 인생은 커다란 축복이다. 어떤 사건에 직면했을 때, "어떻게든 되겠지."라며 긍정적으로 생각하는 현상을 '폴리애나 현상(*Pollyanna Effect*)'이라고 한다. 이렇게 생각하는 폴리애나 현상은 세상을 즐겁고 밝게 바라보며 어떠한 상황에서도 부정적인 면보다 긍정적인 면을 찾으려고 하는 인간의 경향의 나타내는 것을 뜻한다.

폴리애나 이론은 1969년 등장했는데, 이를 실제로 증명한 연구결과가 최근에 나왔다. 피터 도즈(*Peter Dodds*) 교수 등 미국 버몬트대학교 연구팀은 세계 언어권별로 영화 자막, 노래 가사, 트위터 등을 분석, 사람들은 힘든 세상에도 긍정적인 단어를 많이 사용한다는 것을 보여주었다. 이 중에는 한국어도 포함돼 있었다. 연구팀은 10개 언어의 24개 자료를 모은 빅 데이터를 분석해 이와 같은 결과를 도출했다. 연구팀은 행복지수를 수치화해 5점이면 힘든 상황에서도 긍정하고 행복을 느끼는 것으로 보았는데, 10개 언어권 모두 '행복 점수'는 평균 5점이 넘었다. 이 중 스페인어 웹

정보의 점수가 6.1로 가장 높은 것으로 나타났다. 한국어도 평균 점수는 넘었지만, 영화 자막의 행복도 23위, 트위터는 20위로 다른 언어에 비해 점수는 낮게 나타났다.

폴리애나 효과는 사용하는 언어에 수반되어 있다고 한다. 말할 때마다 "죽고 싶다."라는 부정적인 말을 달고 사는 삶은 잘 되는 일이 별로 없다는 것이다. 장사하는 집에서 사장이 "오늘 장사 망했어."라는 말을 하면 종사자들이 일할 기분이 들겠는가. 나는 그런 집에서는 일하고 싶지 않을 것 같다. 무심코 내뱉은 부정적인 말이 주위에 있는 사람들의 기운을 뺏어버린다. 긍정적인 말로 "오늘 하루도 멋진 하루로 만들어 보자."라는 멋진 말을 듣는 종사자들의 가게는 매출이 쑥쑥 올라갈 것이다. 두근거리는 말들로 나를 긍정적으로 바꾸어 보자. "대단해.", "멋져.", "축복해.", "감사해.", "사랑해." 등등 아름다운 말들을 많이 사용하자. 내가 한 말은 반드시 내게 다시 돌아온다는 것은 진리이다.

여태껏 나를 잘살게 해준 것은 긍정성이다. 긍정의 중요성을 알고 난 이후 나는 어떠한 상황에서도 긍정성으로 잘 버텨냈다. 그렇게 나의 긍정성이 빛을 본 나날들을 보내며 내 삶은 달라졌다. 나의 긍정성은 선천적이라기보다는 학습된 후천적인 영향이 크다. 책을 통해 긍정의 마음을 알고 중요성을 배우며 긍정적인 성격으로 바꾸려고 노력했기 때문이다. 최인철 교수는 모든 건 마음 먹기에 달려 있다고 한다. 그렇게 긍정의 마음으로 살아가며 어려움이 닥치면 나는 대처 방법도 알아가고 있다. 그리고 긍정성의 나를 이어가고 있다. 긍정성은 내가 잘 갈 수 있게 믿어주고 잡아주고 살아가라고 깨우쳐 주었다. 긍정성으로 가는 앞날은 분명해졌고 확실해졌고 아름다워졌다. 나는 운명이라는 말을 믿는다. 그 운명도 긍정의 마음이면 삶이 긍정의 결과로 나타날 것이라고도 믿는다.

2016년에 개봉한 영화 「플로렌스(*Florence Foster Jenkins*)」(2016)에 나오는 여주인공 플로렌스는 음치이다. 그녀는 실존 인물이다. 여주인공은 음치이지만 카네기 홀에서 공연했다. 100% 자신감과 긍정으로 무대에 섰고 그녀는 행복해했다. 그녀는 "사람들은 내가 노래를 못 한다고 할 수 있어도 '내가 노래를 안 했다'고 할 수는 없을 것이다."라는 명언을 남겼다. 그녀의 꿈은 성악가였다. 그녀는 자신이 음치라는 사실도 모르고 '카네기 홀에서 공연할 거야.'라는 엄청난 꿈을 가지게 된다. 비록 그녀는 음치였지만 무한 '긍정녀'였기에 꿈의 실현이 가능했다. 긍정적인 생각을 가지고 자신을 믿고 끝까지 밀고 나가면 조그만 물방울이 큰 바위를 뚫어버리듯, 어떠한 꿈도 이루지 못할 게 없다는 걸 그녀는 보여주었다. 그녀의 긍정 무한도전에 경의를 표하고 싶다. 하지만 우리는 시도해보지도 않고 "난 할 수 없어.", "난 못해."라는 부정적인 말들로 자신을 깎아버리고 일찌감치 포기해버리는 일이 다반사다.

플로렌스처럼 나도 무한 긍정녀라는 말을 자주 듣는다. 도전하지 않는 삶보다는 도전하는 삶이 훨씬 더 건강하고 활력이 있는 생활이다. 도전은 긍정의 끝판왕이다. 긍정의 마음을 가지고 '할 수 있다.', '잘 풀릴 거야.'라는 기대해야 한다. 열심히 시도했는데도 잘되지 않으면 다시 시도하면 된다. 나는 여태껏 살아오면서 한두 번 실패를 겪은 게 아니지만 긍정의 태도를 버리지 않았다. 내가 사람들에게 긍정녀라는 말을 자주 듣는 이유 또한 도전하다가 안 되면 또 일어나고 일어나 계속 도전해서이다. 우리에게는 계속 도전할 수 있는 내일이 있다. 자신이 원하는 삶으로 가기 위해 긍정적인 생각으로 주어진 상황을 그대로 받아들이고 열심히 도전하는 삶을 살아가자. 삶은 도전의 연속이다. 주름 잡힌 번데기로 살아갈지 아름다운 나비로 살아갈지는 자신의 선택이다. 나의 운명을 다른 사람에게 맡기지 말고 스스로가 통제력을 갖추고, 스스로를 만들어가야 한다.

나는 나를 믿는다. 내 의지대로 살아간다. 내 능력을 객관적으로 판단하고 최선을 다해 살아갈 것이다. 부족하면 부족한 대로 있는 그대로 최선을 다하는 것이 가장 아름답고 좋은 길이라는 것을 알았다. 모든 게 내 인생이다. 어떤 누구의 인생이 아니다. 그러므로 소중하게 도전하고, 소중한 경험을 만나서 성장하는 것이 중요하다. 누구나 다 완벽한 존재가 아니다. 전진하자. 그것이 삶을 살아가는 자세이다. 나에 대한 예의이고 태도이다. 표현하고 살자. 긍정적으로 받아들이자. 나 자신부터 긍정적으로 받아들여야 주변도 밝아진다. 긍정은 긍정을 낳는다. 자존감은 스스로가 세워야 한다. 모욕적인 말을 들었다면 반항할 줄도 알아야 한다. 평생 가져간다면 그것은 내 몫이다. 그 상처를 용서하자. 용서하고 끌어안아야 한다. 그래야 나아갈 수 있는 길이 생기는 것이다. 지구도 들어 올릴 수 있는 긍정의 약을 먹고 소화하도록 하자. 그 순간에 비로소 평화로워질 것이다. 나는 나를 진정으로 존중하고 있어서 행복하다.

긍정 마인드가 일으킨 삶의 기적

"좋은 생각을 품으면
그 생각이 마치 햇빛처럼 얼굴에서 빛을 내고,
그런 사람은 항상 사랑스럽게 보일 것이다."

- 로알드 달(Roald Dahl)

실낱같은 긍정이 나를 살리고 존재하게 했다. 그동안 나는 정말 많이 아팠다. 죽을 만큼 아팠다. 그런데 왜 거기서 나오지 못했을까? 내가 자폐적으로 세상을 떠돌아다녔다는 사실을 알고 나서 헤아릴 수 없는 시간이 나를 성장시켰다. 내 삶에 기적이 성큼 다가온 것이다. 이런 기적을 겪고 나니 세상이 제아무리 험해도 그래도 살만하다는 말이 맞는다는 걸 실감했다. 나는 아무것도 아닌 존재인데 나에게 새 삶이 열렸고, 이는 비단 나 혼자만의 힘이 아니었기에 하는 말이다. 내 인생의 변화를 경험한 나는 하나님이 나를 향해 성장하라고 이제는 정말 참지 말고, 내 인생을 찾아가라고 이야기를 해주시는 것 같았다.

나는 4학년 2학기 기초연기 수업 시간에 내가 연극치료를 받는 느낌이 들면서 스스로가 나를 내려놓았다. 연기랑 실제는 다르다고 A4용지에 말도 안 되는 글솜씨로 나는 나를 썼다. 그리고 그때 나를 발견했다. 그때 한 사람이 이야기해주었다. "있잖아. 다른 사람들은 튀려고 노력하는데, 너는 왜 가만히 앉아 있어? 너는 가만히 앉아서 글 쓰는 것이 어울린다." 극도로 불안했던 내가 혼자가 아니라고 느꼈던 순간이었다. 유령처럼 있고 싶고 힘든 가운데 나는 나를 깨지 못한 유리병에 갇힌 엘리스처럼 여기저기 스스로 숨죽이며 다녔다. 그래서 내가 누구인지를 몰랐고, 내가 생각하는 나와 다른 사람들이 생각하는 내가 다르다는 것을 알게 되었다. 물론 그렇게 숨죽여 살고 방황하면서도 나는 실낱같은 긍정의 마음은 버리지 않았다. 그 실낱같은 긍정이 자라 기적을 낳고 오늘의 내가 있다는 생각이 든다.

고 정주영 회장의 유명한 한마디가 있다. "이봐, 해보기나 해봤어?" 이 문장은 친정어머니께서 내게 보내주신 문구 중 하나이다. 고 정주영 회장은 초등학교 졸업의 학력이지만 우리나라 근대사의 한 페이지를 장식한 인물이다. 현대조선소를 설립할 때도 500원짜리 지폐를 꺼내 보이며 영국의 조선 회사 애플도어 사(*Appledore Shipbuilders*)의 찰스 롱바텀(*Charles B. Longbottom*) 회장을 임기응변으로 감동시켰다. 당시 조선소를 설립한 경험도 없고, 선주도 나타나지 않은 상황이지만 500원 지폐에 있는 거북선을 보여주며 1500년대에 이미 철갑선을 만들었던 우리나라만의 잠재력을 보여주며 설득했다. 바로 정주영 회장의 긍정 마인드가 절대 확신하게 했고 기적을 가져온 경우였다.

나도 나에게도 삶의 기적이 온다고 내 가슴에 손을 얹고 나를 다독거리곤 한다. 그러다 보면 어느새 내 마음에 차가운 기운이 눈 녹듯 사라지고 어느 순간 마음이 편안해진다. 바로 긍정 마인드의 힘이 차오르기 시작한 것이다. 어떠한 상황이 오더라도 나는 절대 긍정 마인드를 버리지 않는다. 삶을 온전히 사랑하고, 나를 지켜주는 기적이 성큼 온다고 믿기 때문이다. 상처투성이였던 내가 이렇게 아픔을 다 치유하고, 글을 쓰는 것도 긍정 마인드가 한몫했다. 긍정의 마음을 갖추는 건 내가 가지고 있는 것들을 펼쳐 보이며, 나의 삶을 긍정적으로 바라보고, 있는 그대로 모든 것이 존재하며, 이루어진다는 확신만 있으면 되는 일이다. 긍정 마인드가 준 기적을 체험한 내가 확신으로 하는 말이다. 믿고 구하고 기도하는 긍정 마인드만 갖춘다면 실천은 따라오게 된다. 기적은 그렇게 차곡차곡 쌓이는 것이다. 긍정은 정말 모든 것을 이겨내게 한다.

경계선 인지장애로 고통받고 살던 나는 '책 쓰기'를 하면서 성장을 했다. 기적의 손길을 구원받듯이 경험하고 내 삶을 살고 있다. 나는 부모님이 주신 가치관에 크게 의지하며 살아왔다. 하지만 지금은 하나님이 주신 은혜로운 길로 들어섰다. 나는 때에 맞는 지식과 생활 습관과 사회에 나와서 어떻게 살아가야 하는지 책을 쓰면서 적나라하게 배웠다. 그리고 긍정의 씨앗을 뿌려 자라고 있다. 나는 여전히 자라고 있다. 내가 할 수 있는 것과 할 수 없는 것을 아는 인지 기능을 강화하는 기적을 맛보았다. 책을 보면서, 책을 쓰면서 긍정적인 나를 만나고, 희망의 계단을 밟으며, 행복한 긍정녀가 되었다.

어린 시절 나와 동생은 아픔이 있었다. 그럴 수밖에 없었다. 엄마는 돈 벌러 나가셨고, 아빠 역시 그러셨다. 우리는 밖으로 다니거나 안에서 티브이를 보거나 집에 있는 것들을 배로 채우거나 나가서 사 먹거나 하면서 주로 둘이 보냈다. 그때는 어려서 몰랐지만 지금 생각하니 동생은 학교에서 힘들었을 것이라는 생각이 든다. 나 역시도 학교에서 그저 스쳐 가는 아이로 기억될 만큼 존재감이 없는 아이였다. 그저 조용했고 아무 이유 없이 학교에 다녔다. 그래도 꿈은 있었다. 그리고 시간표대로 살아가는 삶이 내 삶이었다. 나는 언제나 혼자였는지도 모른다. 그토록 혼자였는데, 왜 나는 사람들과 같이 있다고 생각했는지 모르겠다.

어린 시절 이런 아픔이 있었지만 이제 나는 그 아픔도 오늘의 내가 존재하는 데 한몫했다고 기쁘게 받아들인다. 내가 어떤 상황에 부닥치더라도 그 상황에서 할 수 있는 것들을 해내면 되고, 그렇게 긍정적으로 생각하면 그 상황을 어떻게든 벗어난다고 생각하기 때문이다. 하지만 부정적인 마음만 가득하다면 과거의 아픔도 현재형으로 계속되는 일이 벌어진다. 그런 삶이야말로 불행한 삶이 아니겠는가. 그래서 긍정의 마음이 중요한 것이다. 부정의 마음을 갖든 긍정의 마음을 갖든 그건 당신의 몫이다. 하지만 모든 선택에는 결과가 따르고 그 결과에는 자신이 책임져야 한다. 이제 선택은 당신의 몫이다. 행복과 불행 중 당신이 원하는 대로 선택하면 되고 그 선택에 따라 기적이 일어나기도 하고 그 반대의 일이 일어나기도 할 것이다. 내게 기적이 일어났다는 것은 내가 긍정이라는 선택을 잘했다는 것이니, 내가 선택에 도움이 되기를 바랄 뿐이다.

오늘 달빛을 보았다. 세상에서 이렇게 아름다운 달빛을 오늘만 볼 수 있을 것 같은 기분이 들었다. 너무 예뻐 보였다. 더 감사하고 더 기적 같은 일들이 생길 것만 같았다. 나는 오늘도 책을 쓰며 나를 다독이며 살아간다. 반드시 기적은 또 일어날 것이라고 믿는다. 달빛이 오늘 손을 흔들 것만 같다. 나는 그 순간을 놓치지 않고 달빛을 내 품에 담으려 사진을 찍으러 간다.

여섯 번째 미라클 맵

감사 힐링법

1. 감사 일기로 시작하는 감사하는 마음
2. 아픈 마음의 치료제는 감사
3. 숨 쉴 때마다 감사하는 마음
4. 감사하는 습관이 뇌와 성격마저 바꾼다
5. 감사 없이는 행복도 없다

감사 일기로 시작하는 감사하는 마음

"감사하는 법을 배울 때
우리는 인생에서 나쁜 일이 아닌
좋은 일에 집중하는 법을 배우는 것이다."

- 에이미 밴더빌트(Amy Vanderbilt)

"감사합니다." 이 다섯 글자는 나의 모든 어려움을 이겨내게 하였다. 나는 감사의 힘을 며칠 전 느꼈다. 갑자기 생긴 남편 스케줄 탓에 아이들을 혼자 돌볼 수밖에 없는 시간이었다. 아이들과 체육관에 갔다가 아이들이 노는 사이 나도 모르게 체육관 칠판에다가 "감사합니다."를 207번이나 크게 썼다. "엄마 왜 이렇게 글씨를 많이 써요?" 아이들이 묻자 나는 내게 감사함이 이렇게 넘친다고 말해주었다. 글을 써놓고 난 나도 스스로 현재의 감사함에 집중할 수 있다는 사실에 뿌듯했다. "감사합니다."라고 쓰는 동안 나를 비우고 나에게 집중하며 그 어떤 것도 나를 방해하지 않는다는 느낌이 들었다. 이 충만한 감사가 나를 일으키고 나를 살게 했다. 나는 늘 "감사합니다."라고 내 안의 나를 만나며 인사한다.

이런 감사함으로 '감사 일기'를 써보자! 감사 일기는 누구에게 보여주기 위해서가 아니라 바로 자기 자신에게 말을 거는 일이다. 행복을 노래하면 행복해지는 것처럼 그저 감사하다고 느끼며 감사 일기를 쓴다면 감사해지는 것이다. '감사 일기'는 머리를 비워준다. 욕심을 버리게 해주고 가슴이 채워지는 충만함을 느끼게 해준다. 나는 간단하게 메모식으로라도 "감사합니다."로 시작하는 글을 쓴다. 그런 감사 일기가 나를 변화하게 한다. 나에게 좋은 생각을 하게 하고 좋은 일을 끌어당긴다. 내가 좋아하는 사람한테 연락이 오고 내가 좋아하는 일을 하게 한다. 나는 스스로 행복을 끌어당기는 자석이라고 믿는다. 계속해서 감사를 연발할 수밖에 없는 상황들이 내게 주어진다.

오늘도 나는 우리 아이들과 같이 시간을 보낼 수 있는 소중한 시간을 감사하며 하루를 알차게 보내려고 한다. 눈을 마주치는 푸른 하늘과 한 줌 공기마저 감사해하며 애틋한 추억으로 남기도록 노력한다. 온몸이 부서질 듯 힘들 때도 그래도 힘이 나고 그래서 웃는다. 나는 나를 엄마로 만들어 준 큰아들에게 말하곤 한다. "엄마 아들로 태어나줘서 고마워!" 내 말에 아이는 나를 보고 건강하게 웃어주고 나는 그래서 또 고맙고 감사하다. 감사가 연달아 감사를 부르는 것이다.

나는 어떤 형식에 얽매이는 것을 싫어한다. 그래서 자유롭게 글을 쓰다 보니 여기 이 자리까지 오게 되었다. 여기저기 블로그에 보면 많은 이들이 '감사 일기'로 행복해지는 것을 체험하듯 글을 쓴다. '감사'라는 딱 한 주제로 글을 쓰는 사람도 보았다. 나는 그것들을 읽다가 '아, 행복이라는 것이 참으로 가까이 있구나!' 하고 깨달은 적이 참으로 많았다. 감사 일기를 쓰는 이들은 부지런히 자기 감사 일기를 서로 인증하고 서로를 응원한다. 이때 나는 사랑받는 일이 의외로 쉽다는 걸 배우게 된다. 너와 내가 이렇게 비대면으로 만나면서 감사로 함께 물드는 것이다. 코로나19로 힘든 지금, 우리는 이렇게 새롭게 함께 이어질 수 있다. 모르는 너와 내가 보이지 않는 감사를 나누면서 삶을 사랑하는 것이다.

"사람은 누구나 행복하기를 간절히 바란다. 그러기 위해서는 온 힘을 기울여야 한다. 행복이 저절로 찾아오길 기다리며 문을 열어둔 채 방관만 하고 있다면 들어오는 것은 슬픔뿐이다."

프랑스의 철학자 알랭(*Alain*)이 한 말이다. 행복을 찾기 위해서는 주저하지 말고 나아가라는 의미이다. 감사하면서 이어지는 걸음이 나는 '글'이었다. 글을 통해 나를 온전히 바라볼 수 있었다. 나는 멈추지 않고 글을 쓰며 감사함으로 나를 채운다. 채워지기는 정말 쉽다. 비우면 채워진다. 나는 나를 비우니 내가 보였다. 그리고 감사함으로 내가 채워졌다. 나는 '감사 일기'를 쉬지 않고 적어 내려가면서 우뚝 선 나를 만날 수 있었다. 서 있다는 것은 내가 살아있다는 것이다. 이렇게 살아 움직이는 나는 감사로 내 주변을 살피고 감사로 내 지인들을 기억하며 나를 돌본다.

아침의 첫 시간은 감사 일기로 나를 채워보자. 처음이 어렵지, 하다 보면 금세 익숙해진다. 그렇게 감사 일기를 쓰다 보면 '내 존재가 정말 특별하고 감사하구나.' 하고 느껴진다. '감사'는 새 삶을 시작하고 펼쳐가는 데 중요한 자세이다. 감사하자. '감사 일기'로 나를 가득 채우자. 감사하게 자신을 대하자. 자신과의 대화로 생각하고 '감사 일기'를 쓰며 자신의 마음을 보호하고 이를 삶에 정착시키자. '감사 일기'를 쓰면서 누군가에게 기도하고 축복을 보내주는 것만큼 마음이 풍요로운 순간은 없다. 아무런 대가를 바라지 말고 다른 사람을 위해 무언가를 하는 것은 바로 자신을 위하는 일이다.

'감사'라는 주사를 매일 거르지 말자. 이 감사 주사는 시련이라는 병마를 만났을 때, 다른 사람보다 빨리 이겨내게 하는 힘이다. 건강으로 가는 길은 무엇보다 자기 내면으로 들어가는 것이다. 그렇게 내면으로 들어간다면 삶을 충분히 호흡하고 영양분이 마음 곳곳으로 들어올 것이다. 기쁘게 받아들이자. 매사가 감사투성이인 나는 주의 자녀가 되었다. 나는 하나님을 닮아가는 삶으로 주 안에 살아간다. 나는 안전하다. 그 어떤 고난이 오더라도 잘 이겨낸다. 나는 '감사 일기'를 통해 나를 소중히 하고, 내 삶을 더 건강하고 풍요롭게 가꾸어간다.

『만다라 감사 일기』(2020)라는 책은 나에게 삶의 긴 호흡을 선물해주었다. 그림도 그려가며 그냥 좋았다. 숨쉬기조차 어려웠던 순간에 그 책은 나에게 정말 큰 힘이 되었다. 감사 일기를 쓰는 게 너무 막연하다면 이런 책과 함께 시작해보는 것도 추천한다. 감사 일기는 쓰고 싶을 때 써도 되고 자신의 스케줄에 맞게 일정한 시간에 적어도 좋다. 나처럼 "감사합니다."를 수시로 써야 살아가는 데 힘이 된다면 그렇게 써도 괜찮다. 아침은 시간을 쓸 때 저녁보다 3배나 더 높은 효율을 나타낸다고 한다. 되도록 아침에 쓰면 좋겠다고 나름 권해본다. 물론 선택은 본인이 하는 것이다. 아침은 하루의 시작으로 그날을 행복하게 보내느냐 못 보내느냐를 결정할 수 있다. 그러므로 아침에 감사 일기를 쓴다면 하루가 행복해질 확률이 높아서 나는 아침을 권한다.

아픈 마음의 치료제는 감사

"나는 하나님께 감사하며 살고,
또 그 힘 때문에 산다."

- 스티븐 호킹(Stephen W. Hawking)

나는 책 쓰기를 하면서 책을 완성하기 전에 아팠던 마음이 모두 치료가 되었다. 책 쓰기 과정은 나에게서 '경계선'이라는 단어가 빠지는 느낌이 들게 했고 나 자신도 그렇게 느껴졌다. 나는 정말 글을 쓰면서 겸손히 낮은 자의 마음으로 내려가 나를 지워나가고 새로운 나는 감사의 기둥을 잡아나갔다. 나는 보이는 것마다 '감사'만 외쳤다. 앉아 있는 의자에 '감사', 눈을 떠 있음에 '감사', 글을 쓸 수 있는 것에 '감사', 또 공간에 대한 '감사'도 이어졌고 눈앞에 있는 자신을 내려다보는 것도 감사해졌다. 책 쓰기를 하며 이렇게 모든 것에 '감사'했고 나는 행복해졌다.

감사하는 마음으로 나는 달라졌다. 현재에 집중하는 법을 배운 것이다. 이리저리 일을 벌이는 것이 수두룩해서 정리하는 법을 배워야겠다고 느끼고 있었는데 감사하는 마음이 커지니 집중할 수 있었고, 이런 집중은 비우고 정리하는 것도 알게 해주었다. 감사하는 마음으로 지우고 정리하고 나를 세우려 한다. 나는 어떤 글을 읽으며 나 역시도 고통을 같이 느꼈다. 오랜 세월이 흐르는 동안 거의 쉰 명 가까운 석수장이들이 계단을 위해 땀과 눈물과 때로는 피까지 바쳤다는 내용의 글이었다. 비나 눈, 바람이나 추위 때문에 불가능한 경우를 제외하고는 쉬지 않고 작업이 이루어졌다는 이야기였다. 내 주변에서 흔히 보는 아저씨들의 고된 노동을 자세히 묘사한 내용이었다. 나는 책을 보면서 내가 얼마나 감사받은 존재인지 새기고 또 새겼다. 지금 나는 정말 감사한 가운데 있는 사람이라고 말이다.

나는 아프고 복잡한 마음을 치료하는 감사를 마음에 채운다. 이렇게 글을 쓸 수 있는 환경이 갖추어진 것에도 나는 가슴 깊이 감사한다. 감사하면 삶이 긍정적으로 흘러간다. 내가 원하는 대로 앞으로 전진하게 된다. 세상이 나를 자연스레 도와주고 세상이 손을 잡아 당겨준다. 특히 마음이 안정되고 편안해지며, 감사가 마음을 더 가득 채우게 된다. 예술치료에 관심이 많은 나는 예술치료사들과 함께 소통하고 감사해하면서 마음이 치유되고 희망을 품는 법까지 배웠다. 마음의 치료는 감사가 마음에 존재하면 되는 일이었다. 몸과 마음이 감사로 충만해지면 존재 자체가 행복한 존재가 된다. 무언가를 받아들이는 자세도 감사로 물든다면 한 템포 느리더라도 즐길 수 있는 삶의 여정으로 이어져 인생이 여유로워진다.

미국의 정신과의사이자 작가인 스콧 펙(*Scott Peck*)은 말한다.

"희열의 순간은 언제나 불행하다고 느낄 때 온다."

이 말은 불행을 불행으로만 받아들이지 않고 오히려 감사한 마음으로 받아들이고 무릎 꿇지 않는다면, 그 순간 어려움은 추진력이 되어 시련을 박차고 나갈 올바른 해결책을 찾게 해준다는 것이다. 우리는 이럴 때 감사의 힘을 발휘할 수 있다. 감사가 내부로부터 긍정적인 힘을 이끌어 주는 통로가 되도록 물꼬를 터주기 때문이다. 감사는 온갖 스트레스를 해소하고, 삶이 다시 긍정적으로 나아가게 해준다. 자 나아가자. 치료할 수 있는 모든 것 중에 가장 최선인 감사로 마음을 채우자. 외부로 시선을 돌리지 말고 내면에 시선을 두고 통찰하며 감사하자. 그럼으로써 기적이 하나둘씩 일어난다. 한 줄기 빛이 내려와 모든 것을 순식간에 환해지는 기쁨이 채워진다.

마음을 치료하는 용서의 힘을 내면에 가득히 채우자. 바로 그 시작은 '감사'이다. 당신은 이미 가지고 있다. 내가 나를 깊게 용서하게 된 계기는 나를 돌보는 말을 스스로 하는 것을 알게 된 다음부터였다. 감사하는 마음을 평온하고 고요히 자신의 마음에 채우면 말이 이어지며 계속 나오는데, 그게 나에게는 '용서'였다. 시간은 계속 흐른다. 운명처럼 생각도 흐르면서 변화되지만, 그 흐름에서 감사가 마음을 치료하고 큰 힘을 준다는 사실은 변함이 없다. 흘러가는 세월 속에 나는 감사를 마음의 치료제로 코로나 백신처럼 매일 맞고 있다. 이런 내가 흐뭇하고 뿌듯하고 감사하다. 감사가 내 눈에 빛이 나듯 반짝거린다. 감사로 살아가니 내 안의 모든 것이 정화되고 마음가짐이 달라지면서 더없이 평온하고 행복해졌다.

나는 한때 내가 가진 것이 당연하다고 여기며 살았었다. 하지만 마음이 감사로 채워지고 나니 그 모든 것이 사실은 하나님이 주신 선물이라는 걸 알 수 있었다. 하나님의 선물임을 깨달으니 감사는 더욱 커지고 깊어지며 나를 통해 하시는 큰일이 있다고 믿게 되었다. 나는 그렇게 쓰임을 받는 사람이 되었다. 감사한 마음으로 하나님을 붙잡으며 두려움 없이 나아간다. 나는 하나님의 자녀이자 작가 '최민정'이다. 또 하나 중요한 사실은 나를 보호해주는 하나님의 영이 느껴진다는 사실이다. 나는 이렇게 나의 모든 것이 평화롭고 안전하다는 믿음으로 마음의 치료제인 감사를 채우고 또 채운다.

숨 쉴 때마다 감사하는 마음

"감사할 줄 아는 마음씨는
돈으로 살 수 없는 것 중 하나이다."

– 핼리팩스 경, 에드워드 우드(Edward Wood, 1st Earl of Halifax)

나는 최근 갈 때마다 좋았던 천진암 성지를 또 다녀왔다. 그곳에 자주 가는 건 "가진 것을 내려놓는 것이 아니라 비울 수 있는 것이 중요하다."라고 말한 마더 테레사(*Mother Teresa*)의 글귀가 나를 움직였기 때문이다. 그곳에 처음으로 가족이 같이 다녀온 때부터 나는 현재의 일이 내가 진정 원하는 일이 아닐지라도 그것이 주는 유익한 효과를 인식하고 감사해야 한다는 마음이 생겨났다. 이런 마음이 생기니 나는 살아 숨 쉬는 호흡마저도 감사하다는 마음이 들었다. 들이마시고 뱉는 호흡 가운데서 내가 살아있음이 느껴지니 소중한 생명이 내게 주어졌다는 사실에 그저 감사할 따름이었다. 이만큼 큰 감사가 내게 왔다고 생각하니 나라는 존재의 기쁨이 커졌고 행복은 여기에 비례했다. 나는 이렇게 언제 어디서나 행복할 수 있는 감사가 여기저기에 있음을 느끼며 살아간다.

어느 범죄 심리학자는 죄를 지은 소년에게 입고 있는 옷을 가리키면서 결코 혼자가 아니라는 사실을 말해주었다. 입고 있는 옷조차도 많은 사람의 손길로 만들어진 것이라는 사실을 알려줌으로써 그 소년의 마음에 감사를 심고 안심시키려는 것이었다. 그렇다. 이 세상은 누군가의 손길을 거치지 않은 것이 없다. 내가 태어나서 숨을 쉬는 이유도 나를 지켜주는 사람들의 수고로 지켜주어서 가능하다. '감사'는 이렇게 보이지 않는 것에서도 감사의 손길을 느끼며 시작된다. 코로 긍정을 들이마시고 부정은 입으로 뱉어버리자. 감사가 스며든다. 풍요로운 존재가 된다. 가치 있는 삶의 파동은 문제행동을 멈추게 한다. 자, 호흡에도 감사를 담고 살아가 보자.

나는 작가가 되면서 내 인생에 진정한 평화가 왔다. 그리고 모든 것이 감사해졌고 앞에 언급했듯이 살아 숨 쉬는 한 사람이 되었다. 나를 진심으로 사랑하고 인정하며 내 삶의 소명을 실현할 수 있다는 행복한 자부심으로 살아간다. 이른 새벽, 나는 나를 깨우고 나를 껴안으며 나를 만든다. 이 과정이 쉽지만은 않지만, 나는 그것을 즐기는 여유로운 마음을 내 안에 스스로 장착한다. 다른 누가 아닌 내가 해내는 것이다. 내가 나인 것처럼 내가 나를 만들고 해낸다. 나는 비로소 내가 된 것이다. 나는 내가 쉬는 숨마저도 '나'여서 행복하다는 마음으로 살아간다. 언제나 감사와 함께 숨 쉬며 살아간다.

숨 쉴 수 있다는 것만으로도 행복하고 감사해하며 살아간다. 나는 내가 존재하게 하는 글을 쓰고 있어서 감사하다. 오늘도 감사로 10가지 정도를 천천히 써 내려가니 머리가 개운하고 나를 비운 느낌이 들었다. 감사가 나를 정화하는 마음가짐을 가질 수 있도록 해준 것이다. 자신을 알아차리고 호흡에도 감사를 달고 살아가는 나는 나를 돌보는 최고의 수단을 알게 되었다. 바로 감사이다. 현재의 나는 헤아릴 수 없는 감사들이 스며들 듯 느껴진다. 나는 독서를 하면서 내가 세상에 한 발짝 더 다가가도록 하는 열쇠가 '감사'였음을 알아차렸고, 그 감사는 내 삶의 동반자가 되었다. 호흡이 없으면 살 수 없는 것처럼 내 존재는 이제 내가 살아있게 하는 호흡처럼 느껴진다. 지금 당장 숨을 들이쉬고 내쉴 때마다 '감사합니다'라고 생각해보자. 생명을 불어넣는 느낌이 들고 나 자신에게 너무나도 감사하고 살아있는 한 나는 어떤 일이 일어나더라도 감사할 수 있는 단단한 내면을 선물 받은 기분이 들 것이다. 자, 호흡에도 감사를 담고, 손이 움직이는 한 감사를 적어 보며 행복하고 조화롭게 살아보자.

버지니아 캐슬(*Virginia Castle*)은 "상대방을 소중히 여기고 그 가치를 인정한다면 자신이 더 잘난 사람이라는 걸 보여주기 위해 상대를 깎아내릴 필요는 없다."라고 했다. 우리가 아무리 최선을 다한들 주변에는 몰래 칼을 갈고 있는 사람이 있기 마련이다. 이런 사람들은 원망하는 것은 호랑이에게 채식주의를 권하는 만큼이나 의미 없는 행위이다. 그러나 이런 사람들에게 평소에 작은 배려를 해준다면 어려운 문제에 부딪혔을 때 큰 도움을 얻는 경우가 생기기도 한다. 상대를 깎아내린다고 자신이 행복해지지는 않는다. 오히려 상대를 배려하고 그에게 감사할 때 자신이 살고 행복해질 것이다. 나는 어떤 누구에게도 감사를 표한다. 과하지 않게 내가 할 수 있는 만큼 한다. 그러다 보면 더 큰 감사가 이어짐이 느껴진다.

호흡마저 감사를 달고 살아가니 언제나 내가 살아있음을 느끼고 한없이 행복하고 감사하다. 나는 이제 '죄송합니다'라는 인사도 할 수 있게 됐다. 내 능력 밖의 일은 하지 않기로 다짐하고 나를 사랑하고 존중하게 되었기 때문이다. 호흡마저 감사하게 되니 이렇듯 현재 순간에 주어진 일과 나의 몸 상태를 보면서 거절할 수 있는 능력도 키워졌다. 나는 큰일이 있을 때 표현할 줄 몰랐다. 이제는 할 수 있다. 감사는 저절로 되는 것이 아니라는 것을 알았고 노력하여 몸에 배도록 했다. 나아가 호흡마저 감사하는 자세가 진정한 감사라는 것도 알았다. 이렇게 호흡마저 감사하며 살아가니 행복이 절로 들어온다. 감사는 하나님의 사람으로 나의 달란트도 찾게 해주었다. 이런 나는 감사하고 행복하다.

감사하는 습관이 뇌와 성격마저 바꾼다

"자신을 사랑하는 법을 아는 것이
가장 위대한 사랑입니다."

– 마이클 매서(Michael Masser)

감사하는 삶을 살면, 바로 나 자신이 평화로워진다. 자신을 사랑하게 된다. 그냥 지금이 좋고 지금, 이 순간이 아름다우며 현재 그대로를 잘 살아낸다. "감사합니다."를 3,000번 하면 운명이 바뀐다고 하는데 그래서 내가 운명을 바꾸었다고 느껴진다. 습관적인 감사로 나는 삶 자체를 충실히 살아간다. 바른 자세를 갖게 되고 앞으로 나아가는 단단한 힘을 기르게 된다. 즉 만족하는 삶을 채울 수 있다. 그리고 지금 당장 내가 믿고 할 수 있는 일을 하게 된다. 내가 내 적성에 딱 맞는 '작가'이자 '힐링 예술가'로 만족하며 밝은 성격으로 살아가게 된 것 또한 감사하는 습관 덕분이다.

이제 감사의 습관이 몸에 밴 나는 모든 것이 즐겁다. 즐거운 일상을 내 것으로 만들고, 기록하고, 쌓아가는 중이다. 나는 늘 즐거움으로 흥얼거린다. 세 살 버릇 여든까지 간다는데 내가 길들인 습관 하나가 나를 이렇게 길들였다. 감사 연습을 체험한 사람들은 연습을 수행함으로써 마음이 더 밝아졌고, 보다 긍정적으로 변했다고 한다. 나아가 삶에서 희망을 발견했고, 매사에 적극적인 자세로 임하는 태도를 갖게 되었다고도 한다. 나는 내 삶을 감사로 물들이고 있다. 순간순간이 감사이고 그 감사가 "나는 지금 잘살고 있는 거야."라고 스스로 확신하게 만든다.

감사의 습관은 놀라운 결과를 동반했다. 스스로 세운 목표를 이뤄 나아가며, 그 결과 따라오는 도전이나 변화에 이전보다 유연하게 훨씬 잘 대처할 수 있게 되었다. 또 성격도 바뀌었다. 내성적이고 소극적인 사람이 외향적이고 사교적으로 변하면서 남들에게 '난 행복해요.'라고 표현하기도 했다. 나는 이제 적극적으로 내가 원하는 것이 있으면 요구하고, 아니면 거절할 줄 아는 행복한 감사를 배웠다. 감사의 습관은 나를 세상에서 자유롭게 존재하는 한 사람으로 거듭나게도 했다. 다시 태어난 듯 새로운 '나'로 살게 한 것이다. 실수하더라도 웃으면서 의연하게 대처할 수 있는 사람이 되게도 했다. 감사하는 습관이 이 모두를 바꾸었다.

또 하나 중요한 사실은 감사하는 습관으로 내가 정말 안전하다는 사실을 배웠다는 점이다. 특히 나는 엄나미 작가의 워크북으로 된 책을 보고 나만의 언어를 재창조했다. 나는 이 책을 통해 내가 깨달은 점을 세 가지로 압축할 수 있었다. 첫 번째는 '나는 안전하다.'이고, 두 번째는 '나는 나를 존중한다.', 세 번째는 '나는 내가 좋아하는 것을 한다.'는 것이다. 책을 이렇게 나의 관점으로 압축할 수 있었던 것 또한 그전에 감사를 통해 내가 안전하다는 사실을 알았기 때문이 아닌가 한다. 이후에 나는 이 세 가지에서 나아가 나의 가슴에 손을 얹고 '나는 나를 용서한다.', '나는 나를 챙긴다.', '나는 나를 믿는다.' 하고 되뇌며 심장에 믿음의 문장을 만들 수도 있었다. 감사'는 정말 희망을 노래하고 적극적으로 나를 어필하는 수호천사였다. 감사는 하나님이 보내주신 나의 절대적인 친구라는 사실을 잊지 않고, 나를 잃지 않으며, 그 습관을 계속 유지하려고 한다. 나는 나를 믿는 자신감을 '감사'로 배웠고 감사로 달라졌으며 나를 가만히 잘 살펴보고 바라보며 진정한 나로 산다.

나는 오늘 새벽기도회를 다녀왔다. 아직 영적으로 성숙하지 못해 자모방에 가서 무릎을 꿇고 내가 할 수 있는 기도를 했다. 그리고 감사한 점을 쓰고 또 썼다. 나는 내가 쓸 수 있는 글이 있다는 사실에 감사했다. 내가 가는 길이 주님과 함께한다면 분명한 길을 갈 수 있겠다고, 나 스스로 세상과 균형을 잡아가며 살 수 있다고 절실하게 믿게 되었다. 남편과 아이들에게도 최선을 다하겠다고 다짐하며 오늘 하루도 온전히 살아가려고 한다. 계속 쓰다 보면 내 글이 나온다고 누군가가 그랬던 것처럼 나는 감사하는 마음 변치 않고 평생 글을 쓰며 살려고 한다. 늘 감사하는 삶은 그렇게 주변에 있다는 것을 잊지 않으려 한다.

감사의 힘을 경험하고 그 감사의 힘으로 살아가는 나는 이렇게 전해주고 싶다. 삶의 끝에서도 감사한 점이 있고, 감사와 행복에 이르는 글쓰기가 있다고 말이다. 자, 매일 노력해보자. 감사로 무장한 삶은 그 어떤 고통이 와도 현실을 살아가는 힘을 주고 내적 성숙으로 인도한다는 사실을 믿고 말이다. 지금 나는 아이들과 벤치에 앉아 있다. 세차게 바람이 불어 차가운 바람을 느끼고 있다. 조금은 춥기도 하지만 맞서며 즐기고 있다. 어린이집에 등원 시간이 1시간이나 지났는데 아이들을 못 보내고 있다. 아이들이 너무 울고 도망가서 한 바퀴만 돌다가 집에 가자고 했는데 가지 못하고 있다. 그래도 나는 나와 아이들에게 감사해한다. 외롭지 않다고, 이렇게 내 옆에 있어 준 아들이 있어서 감사하다고.

어떤 사람은 "감사합니다."만 써서 출판사에 보냈다고 한다. 책 『평생감사』에 나온 이야기이다. 그 사람은 사업을 하면서 겪게 되는 고통이 힘들어 그렇게 "감사합니다."만을 썼고 그 결과로 고난에서 벗어난 건 아닐까? 그래서 그런 감사의 힘을 알리고자 그렇게 출판사에 보냈던 건 아닐까? 한편으로는 만약 고객이 어떤 행동을 하더라도 "감사합니다."라고, 모든 것을 받아들이면서 자신을 낮추고 교정해 나간 것이 아닐까? 참을 수 있을 때까지 참고, 참지 못할 때는 "감사합니다."를 쓰며 이겨낸 건 아닐까? 그가 어떤 의도였든 감사의 위력을 아는 것만은 확실한 것 같다. 나는 첫 번째 책을 쓸 때 그랬고 두 번째 책을 쓸 때도 괴롭고 힘든 터널에 있을 때 계속 "감사합니다."를 적어냈다. 그럴수록 내 눈에 보이는 "감사합니다."라는 글자가 너무 아름다워 보였다. '내가 쓸 수 있는 글이 있구나'라고 생각하며, 감사를 온몸으로 느꼈다. 나는 이제 어떤 상황이 와도 '감사합니다.'가 나를 지켜준다고 믿는다.

'감사합니다.'는 뇌를 바꾸는 작업이다. 나는 그 수혜자다. 슬픔이 밀려 들어오는 순간에도 이성을 지키면서 "감사합니다."를 외치며 처한 그 상황에서 해야 할 일에 집중하는 나를 보면서 느꼈다. 할 수 있는 일에 최대한 집중하면서 스스로를 보살피기도 채찍질도 하며 상황을 이겨냈으니 하는 말이다. 나는 한편으론 냉정함을 갖추고 합리적 판단을 하는 사람으로도 변화되었다. 감사는 길을 만들어 주기도 한다. 길을 벗어났다가도 내가 가야 할 길로 돌아오게 하는 힘을 기르게 하는 것이다. 이렇게 감사의 습관은 정말 모든 것을 바꾸어 놓는다. 감사하다고 느끼는 만큼, 감사가 가득히 채워질 것이다. 그러니 매사 감사하면서 주어진 것들을 잘 쓰면 바라는 결과는 물론 행복감이 커지는 것은 당연한 일이다.

"감사합니다."를 그냥 써보자. 뇌가 편안해지고 내면은 따뜻해질 것이며 성격까지 바뀌게 될 것이다. 나는 "감사합니다."를 항상 빠지지 않고 쓰는 건강한 사람이 되었다. 감사는 나의 습관이자 삶의 신조가 되었다. 나 자신을 더욱 사랑하게도 되었으니 감사는 나를 사랑하게 만드는 약이 틀림없다. 살다 보면 "뭐가 감사냐고?" 하는 질문도 받을 것이다. 그런데 감사하는 것들을 하나씩 떠올려 쓰다 보면 '감사 천국'이라고 느껴질 것이다. 나는 늘 감사할 일은 삶 주변에 널려 있다고 보고 있다. 그래서 나는 누구에게라도 이렇게 전해주고 싶다. 삶의 끝에서도 감사한 점이 있고 그 감사가 행복과 성공의 길로 인도할 것이라고 말이다.

감사 없이는 행복도 없다

"누구나 마음속에 생각의 보석을 지니고 있다.
다만 캐내지 않아 잠들어 있을 뿐이다."

- 이어령

미국의 유명한 방송인 오프라 윈프리는 감사 일기를 쓰는 것으로 유명하다. 엄청난 고통을 겪고서도 끝내 일어나 모두에게 희망을 주는 그녀를 나는 닮고 싶다. 그녀는 어떻게 그 고난을 딛고 그렇게 성장했을까? 아마도 그것은 '감사'일 것이다. 이 세상에 감사하는 태도만 갖추게 된다면 세상은 감동한다. 나는 세상을 원망하고, 스스로 나 자신을 함부로 대했다. 그랬던 나는 책을 통해서 달라지기 시작했다. 책을 읽고 필사하면서 내가 변해야 한다는 생각이 들었고, 글을 쓰면서는 나 자신을 사랑하는 마음이 들기 시작했다. 그렇게 변한 나는 감사로 나 자신을 축복하고, 몸의 방패처럼 보호막을 만들며 나를 감쌌다.

나 자신을 보더라도 인생을 행복으로 만드는 가장 큰 비결은 아무래도 진실한 감사가 아닐까? 나는 감사하는 태도마저도 마음에서 우러나오는 진실한 감사여야 한다는 생각으로 내 몸 안에 감사의 유전자가 새겨지도록 노력하는 중이다. 이런 감사 인생을 살면서 이 감사가 내 인생을 행복으로 이끈다는 사실도 몸소 배울 수 있었다. 나는 행복을 '진실한 감사'로 찾았다. 감사를 진실하게, 나 자신뿐만 아니라 주변과 이웃·친구들에게도 하게 되면 주변 사람들에게 빛이 되어 퍼져나가는 기분이다. 그때 내 안의 감사는 보석처럼 반짝거리며 빛이 난다.

이런 경험이 있는 나는 다른 사람을 행복하게 해주려고 한다. 말했듯이 다른 사람들에게 행복을 주는 건 감사하는 마음이 우선이다. 나에게 감사하고 내 곁에 있는 그들에게 감사할 때 그들도 감사의 마음이 들고 그로 인해 행복을 느끼기 때문이다. 전해진 그 행복은 다시 나에게 찾아와 나를 더 행복하게 한다. 나는 진실한 마음을 건네는 행복한 사람이다. 내 인생이 평화롭고 하염없이 행복해졌다. 나는 계속해서 감사하고 행복해하며 살아갈 것이다. 누군가에게 감사가 주는 위력을 알리면서… 나는 박성배 작가의 도움으로 포기하지 않고 글을 썼고, 송은섭 작가도 내가 다소 부족해도 강의할 수 있게 도와주신다고 했다. 이렇게 많은 이들에게 도움을 받은 나는 늘 감사하고 내가 받은 이상으로 돌려주려고 한다.

『감사의 힘』이라는 책에서는 "감사하는 연습은 노력을 통해 얻어지는 것이라."라고 했다. 나는 정말 노력을 통해 감사할 수 있었고 감사의 힘을 배웠으며, 진실로 감사하는 자세를 갖게 되었다. 통찰하는 지혜도 생겨났다. 그리고 소중한 것을 지키기 위해서는 원칙이 있는데 나에게는 의식적으로 '감사'하는 표현이 그 원칙이었다. 감사의 말이 내 입에 머물고 나오지 못하더라도 감사의 자세를 갖고 내 목표를 갖고 진실한 감사의 자세로 나를 높이고 나를 바꾸었다. 아팠던 지난 모든 것들이 말끔히 씻겨 내려가고, 진실한 감사가 내 삶을 통해 풍족하게 채워지니 나는 매일 행복하다. 나는 어떠한 상황에서도 행복할 수 있는 비법이자 마법의 도구를 가지게 된 것만 같다. 바로 감사이다. 감사를 통해 나는 나를 사랑하는 법을 선물로 받았고 삶이 풍족해지고 행복해졌다. 감사하라. 진심으로 감사하라! 건강하고 행복한 삶으로 탈바꿈한다. 정말이다. 진심으로 사실이다.

미국 시카고에서 태어난 워너 솔맨(*Warner Sallman*)은 미국이 자랑하는 화가 중 한 사람이다. 그는 「머리되신 그리스도(*Head of Christ*)」(1940)라는 예수님의 초상화를 그렸다. 예수님의 모습이 담긴 그의 그림책은 1940년도에 500만 부 이상이 인쇄되었다. 오늘날까지 세계에서 가장 많이 알려진 예수님의 모습을 보여주고 있다. 이 그림으로 솔맨은 가장 인기 있는 화가가 되었다. 그런데 이 그림을 그리게 된 동기가 있다. 그는 1917년에 결혼하고 얼마 안 돼 젊은 나이에 중병을 진단받았다. 그의 병을 진단한 의사가 말했다. "당신은 림프샘 결핵입니다. 당신은 길어야 석 달 살 것입니다."

이 말을 들은 솔맨의 마음은 절망적이었다. 유명한 가수였던 그의 아내는 그때 임신 중이었으므로 솔맨은 아내에게 더욱 미안한 마음을 갖게 되었다. 곧 태어날 아이를 생각하면서 잠을 잘 수 없을 만큼 괴로웠다.

그가 몹시 괴로워하며 매일 절망에 빠져 신음하고 있을 때, 그의 아내가 그를 위로하며 말했다. "여보! 3개월밖에 못 산다고 생각하지 말고, 하나님께서 3개월을 허락해 주셨다 생각하며 감사하며 살아갑시다. 그리고 아무도 원망하지 맙시다. 3개월이 얼마입니까? 천금 같은 그 기간을 가장 아름답게 만들어 봅시다. 3개월이나 되는 기간을 살게 허락하신 하나님께 감사합시다." 솔맨은 아내의 말을 곰곰이 생각한 끝에 더이상 원망과 불평의 말을 하지 않았다. 아내의 말대로 남은 3개월 동안 오직 감사하며 살겠다고 다짐했다. 그때부터 그는 아주 작은 일부터 감사하기 시작하면서 모든 것에 감사했다. 그래서 자신의 생애에 마지막 작품이라 생각하고, 감사한 마음으로 「머리되신 그리스도」를 그렸다.

감사하는 그에게 놀라운 기적이 일어났다. 3개월 시한부 인생이 3개월이 지났는데도 몸이 약해지는 것이 아니라 오히려 몸이 더 건강해졌다. 병원에 가서 다시 진단해 보았더니, 림프샘 결핵이 깨끗하게 사라진 것이다. 그의 주치의는 너무나 놀라며 물었다. "도대체 3개월 동안 무슨 약을 먹었기에 이렇게 깨끗이 나았습니까?" 솔맨은 다른 약은 먹은 것이 없고 굳이 약이라고 한다면 아내가 주는 감사하는 약을 먹었다고 했다. 주치의는 손뼉을 치면서 말했다.

“바로 그것이 명약입니다. 감사는 최고의 항암제요, 감사는 최고의 해독제요, 감사는 최고의 치료제입니다.”

나는 워너 솔맨의 삶을 알고 감사하는 자세가 모든 것을 송두리째 바꾼다는 사실을 알았다. 나 역시 ‘감사’가 있었기에 내가 존재하고 현재 행복해하며 살아간다. 모든 게 감사하니 세상을 원망하지 않게 되었고, 내가 아픈 것도 하나님이 내가 고칠 곳이 있어서 아픔을 주신 것이라고 믿게 되었다.

스트레스를 다스리는 정신의학계에서는 ‘스트레스의 대가’ 하면 한스 셀리에(*Hans Selye*)를 꼽는다. 한스 셀리에는 1958년 스트레스 연구로 노벨 의학상을 받았다. 캐나다 사람인 그는 고별 강연을 하버드 대학에서 했다. 강연이 끝나자 기립 박수도 받았다. 강연이 끝나고 내려가는데 웬 학생이 길을 막았다. “선생님, 우리가 스트레스 홍수 시대를 살고 있는데 스트레스를 해소할 수 있는 비결을 딱 한 가지만 이야기해 주십시오.” 그러자 한스 셀리에가 딱 한마디로 대답했다.

“Appreciation!”

감사하며 살으라는 그 말 한마디에 장내는 물을 끼얹은 듯 조용해졌다. 그가 덧붙였다. “여러분, 감사만큼 강력한 스트레스 정화제가 없고, 감사만큼 강력한 치유제도 없습니다.”

종교인이 장수하는 이유 중 하나는 그들은 범사에 감사하기 때문이라고 한다. 작은 일이나 하찮은 일에도 하나님께 감사드리는 자세가 종교인이 장수하는 비결임을 의학계에서는 증명하고 있다. 감사하는 마음속에는 미움, 시기, 질투가 없다. 참으로 편안하고 마음이 그저 평온한데 뇌 과학적으로 말하면 이러는 순간 세로토닌이 펑펑 쏟아진다고 한다. 그래서 감사, 감사, 범사에 감사, 무조건 감사를 가슴에 새겨야 한다. 나도 감사를 통해 삶이 달라졌다. 특히 박성배 작가를 만나고 더 감사하게 되면서 더 크게 변화되었다. 진정한 나 자신 '최민정'을 만나게 되었다. 나는 그 어떤 어려움이 와도 하나님을 의지하며 살아갈 것을 다짐하게 되었고, 내 능력의 한계를 알고 조절할 수 있게 되었다. 그리고 나와 내 꿈이 일치되는 시점을 감사히 여기며 나아가고 있다. 나는 또한 계획할 힘도 기르게 되었고 마무리 짓는 법도 배웠다. 나는 스스로 바로 섰고 세상을 이롭게 하며 함께하는 힘도 기르게 되었다.

나는 산속에 살았던 그 시절을 잊지 못하고 가끔 투덜거리는 나를 발견했다. 얼른 예전에 살던 시골로 가서 자연을 느끼면서 달랜다. 나의 불평과 불만이 사라지도록 나를 자극하는 것이다. 그때가 너무 그립고 그리운 시절이지만 돌아갈 수 없다는 것을 알기에 그곳에 갈 수 없는 현실을 이해한다. 재개발로 갈 수 없는 곳이 되어버린 그곳 말고 이제는 다른 곳을 찾아보려고 한다. 도시에 사는 것은 나에게는 맞지 않는다. 나는 나를 알고 있다. 시끄러운 소리, 많은 사람과 마주치는 상황들이 나에게는 어릴 때부터 불편한 점이 있었다. 다시 시골에 사는 꿈을 꾼다. 소중히 내 본분을 지키면서 차분히 시골에 가서 살려고 한다. 아이들과 남편도 있기에 더 많은 수고와 배려를 지키면서 알아보고 싶다. 진심으로 그곳을 구한다면 엄마도 동생도 편하게 오고 쉬고 갈 수 있게 만들고 싶다. 무엇보다 내가 휴식하고 싶다. 현재 상황도 감사하지만, 더 큰 감사를 찾아 선택하고 실행하려는 내가 너무 좋다.

자, 진실한 감사로 살아가 보자. 도전하고 실패하더라도 감사하자. 그 감사가 실패에 주저앉지 않고 다시 일어서게 한다는 사실을 알자. 현재를 감사로 살아내자. 행복을 이끄는 것이 무엇인지 찾아낼 수 있을 것이다. 내 인생을 내 것으로 만들고 살아가는 희열이 느껴지는 삶을 누릴 수 있을 것이다. 다시 말하지만, 진실한 감사가 인생을 행복하게 만든다. 감사하고 행복하게 현재를 사는 기쁨을 아는 진실한 사람으로 살아내자. 나는 내 삶이 감사로 채워지고 있다는 사실만으로도 행복하다.

반신욕

이삼례

온 몸으로 울었다

전작 눈에서 눈물을 나지 않았지만

내 몸에 이렇게 많은 눈이 있는 줄 몰랐다

수천개의 눈을 갖고도

사랑을 보지 못했다

『손에 쥐었다 놓으면』(시인, 2020) 중에서…

일곱 번째 미라클 맵

움직임과 소통 힐링법

아무리 힘들어도 한 걸음 앞으로

"아무 하는 일 없이 시간을 허비하지 않겠다고 맹세하라.
우리가 항상 뭔가를 한다면
놀라우리만치 많은 일을 해낼 수 있다."

- 토머스 제퍼슨(Thomas Jefferson)

살다 보면 자신은 앞으로 나가려는데 세상이 잡는 느낌이 드는 때가 있다. 갑작스럽게 몸이 아파서 그럴 수도 있고 갑자기 예상치 못한 일이 생겨서 그럴 수도 있다. 나 역시도 간혹 겪는 일이다. 이때 많은 사람이 계속 나아가려 하기보다는 주저앉거나 포기하는 경우가 흔하다. 하지만 그럴수록 옳은 판단을 내려서 힘차게 한 걸음이라도 나아가야 한다. 그래야 몸은 불편해도 마음이 편안해지고 살아있음을 느낀다. 그래야 건강하게 살아가는 지혜도 얻고, 사람도 얻는다. 그 한 걸음이 차근차근 열 걸음이 되고 백 걸음이 되어 인생이 되는 것이다. 나 역시도 그런 상황에서 한 걸음을 내디디며 가장 아름다운 사람들을 얻었다. 그리고 더 이상 혼자이지 않은 사람이 되었다.

나는 이제 아무리 힘들어도 한 걸음을 앞으로 내디디는 사람이 되었다. 그리고 내가 걷는 이 걸음이 누군가에게 희망이 될 수도 있겠다는 생각으로 변함없이 나아간다. 나는 단단하고 힘차게 걷는다. 한 걸음 한 걸음 나아가면서도 절대 가볍게 혹은 무리하게 내딛지는 않는다. 위험한 행동에 자신을 내맡기는 것은 진정으로 감사하는 자세가 아니라는 사실을 알았기 때문이다. 이 사실을 안 이후로는 언제든 단 한 걸음이라도 옳게 걸으려고 노력한다. 그저 나답게 계획하고, 나의 상황에 맞게 조금씩 성장하면 되는 것이다. 이걸 잊었다가는 나에게도 좋지 않고 누군가에게는 피해를 줄 수 있다. 한 걸음마다 나를 다독일 줄도, 때론 걷다가도 행동을 통제할 줄도 아는 건 내면의 힘이 강해졌기 때문이다.

손흥민 선수의 아버지 손웅정이 쓴 『모든 것은 기본에서 시작한다』라는 책은 나에게 큰 가르침을 주었다. 그 책을 통해 세상을 더 이해하는 눈이 뜨였다. 이뿐만이 아니라 '나'로 사는 즐거움과 모든 것이 '나'로 시작해서 '나'로 끝내야 함을 배웠다. 사람은 행복한 일을 해야 하고 그건 자신이 선택하는 것이라는 것도 배울 수 있었다. 그렇게 배운 대로 나는 세상에 두려움 없이 합류할 수 있다는 자신감이 생겼다. 내가 걷는 걸음이 절대 헛되지 않음을, 그런 내 인생을 힘껏 껴안고 사랑할 수 있게도 되었다. 이런 믿음을 토대로 나는 작가로, 힐링 예술가로, 기획자로 내 삶을 노래하며 나아가려 한다.

딱 한 걸음만 가면 못 할 것 같은 일들도 이루어진다. 한 걸음만 가면 그다음의 걸음은 저절로 이어진다. 나는 이 걸음을 책에서 배웠다. 긴 길을 빗자루로 쓸고 있는 청소부에게 이 긴 길을 어떻게 다 쓰냐고 물었을 때, 그는 말했다. 딱 한 걸음씩만 생각한다고. 쉽게 생각하자. 한 걸음이 나를 만들 것이라고. 그렇게 발을 떼다 보면 어느 순간 스르륵 길이 열리고 걷는 걸음이 여행하듯 리듬과 함께 즐거워질 것이다. 이렇게 한 걸음이 두 걸음이 되고, 발걸음은 흐르는 강물을 만나는 것처럼 바다로 나아가는 느낌이 든다.

요즘은 어딜 가나 산행하는 사람들을 많이 볼 수 있다. 산행하는 걸음은 어떨까 궁금해진 나도 산행에 도전해보았다. 삼삼오오 걷는 산행의 맛이 느껴지기도 했지만 걸을수록 걷기가 힘들어졌고 목표 지점은 멀어만 보였다. 끝까지 갈 수 있을지 몰라 얼마나 걸리는지 올라가는 분을 붙자고 물었다. 1시간 걸리는 걸음이라고 대답해주는데 왠지 그 한 시간이 나를 시험하는 시간이 될 것만 같았다. 나는 거기서 멈추지 않았고 도전했다. 그리고 마침내 도달했다. 비록 나는 1시간 반 걸리는 내 걸음이었지만 뿌듯했고 내가 자랑스러웠다. 왜 이 산 오르면 저 산을 오르고 싶다고 하는지 그 말도 이해했다. 이 작은 성취감에 짜릿해져서 체력도 정신도 나를 웃게 했고 행복하게 만들었다.

등산이라고는 해본 적 없는 내가 정상에 이른 것처럼 정말 한 걸음을 내디디면 이루어진다. 한 걸음이 작은 실천이 되어 계속 걷도록 밀고 나가는 힘을 내면에서 뿜어 올려 계속 나아가도록 하기 때문이다. 비록 한 걸음으로 시작했을지라도 이런 사람의 인생이 풍요로워지는 것은 당연한 결과이다. 한 걸음의 중요성을 알았다면 그 한 걸음을 옳게 내딛자. 걸음걸음 나아가다 보면 이런 삶, 저런 삶도 만날 것이고 그러다가 자신과 조화롭게 어울리는 인생을 만나게 될 것이다. 내가 작가든 배우든 일반인이든 두려워하지 않고 한 걸음씩 나아간 이유도 여기에 있다. 자, 아무리 힘들어도 한 걸음 내딛자. 나 자신으로, 세상의 한 사람으로!

나는 이제 옳게 나아간다. 그렇게 나가며 내가 책 쓰기로 마음의 아픔을 털고 옳게 걷는 것처럼, 큰 사고를 극복하고 새 인생을 멋지게 살아가는 사람을 만났다. 그는 내가 내 삶을 다시 돌아보고 성찰하게 하였다. 그는 유튜브를 통해 알려진 '위라클'이다. 본명은 '박위'다. 그는 큰 사고에도 불구하고 의연하게 살아가는 의지와 선의의 마음으로 정말 내게 큰 귀감이 되었다. 나는 내가 가진 것을 감사히 받아들이며, 내가 얼마나 많은 것을 가진 존재인지를 새삼 알게 되었다. 그는 끊임없이 큰 사고에 일어선 사람들을 찾아다닌다. 그는 큰 사고에 연연하지 않고, 단단한 마음을 갖고 살아가는 이들을 인터뷰하고 세상에 당당히 살아가는 모습을 유튜브 채널을 통해서 보여준다. 두 다리가 움직이지 않아도 그는 세상을 다 돌아다닐 것 같다. 그 한 걸음의 움직임은 보이지 않아도 훤히 드러나는 아름다운 발걸음이었다. '그에게는 과연 끝이 있을까?'라는 생각도 들었다. 그는 살아있는 그 자체만으로도 긍정하고 감사할 수 있음을 알려주었다.

나는 잘 걷는다. 내 손이 걸음이 되어 오늘도 한 걸음 더 내딛는다. 내 삶이 정리되고 아름답게 되어가도록 말이다. 나는 작은 힘이지만 누구에게나 보탬이 되고 싶다. 그 바람으로 언제나 한 걸음 내디딜 것이다. 다만 내가 할 수 없는 일을 위해서는 전진하기보다 멈추고 다른 길을 택할 것이다. 나는 나를 알고 있기 때문이다. 그래서 지금 무엇이 중요한지를 생각하고 이야기하며 나를 위해 세상을 위해 나아갈 것이다. 아무리 힘들어도 내가 딛는 한 걸음이 나와 세상을 아름답게 하리라 믿으며….

산책과 걷기로 치유하는 몸과 마음

"나는 천천히 걷지만 절대로 뒷걸음치지는 않는다."

- 에이브러햄 링컨(Abraham Lincoln)

나는 힘들 때는 산책을 하면서 마음을 가다듬는다. 아침에 산책하다 보면 분주했던 마음이 주변 환경을 둘러보며 여유를 찾곤 한다. 그렇게 나는 내 마음을 잠시나마 가다듬는다. 그러다 보면 내 두 다리와 대지가 하나 됨이 느껴진다. 그 순간 한 번뿐인 내 생애에 느껴지는 하루를 스치는 바람처럼 잘 느끼고, 잘 살아내고, 잘 살아왔다고, 나에게 말해주고 싶은 마음이 든다. 나는 이렇게 산책을 통해 나를 다독이고, 나를 보살피며 챙긴다. 그러다 보니 내가 가능한 것과 내가 불가능한 것을 아는 통찰력이 생겨났고, 사회적 인지능력도 많이 회복되면서 내 주장만 펼치지 않고 소통하는 힘도 커지게 되었다.

아침이면 우르르 등교, 등원하는 아이들을 챙기느라 몸도 마음도 바쁘다. 분주하게 사랑하는 아이들을 보내고 나면 한숨을 돌리며 산책에 나선다. 그때 산책은 무거운 걸음 반, 가벼운 걸음 반이지만 혼자만의 시간이 주는 특권을 누리며 독립된 존재로 걷는다.

내 마음을 스스로 쓰다듬으며 내 인생이라는 길을 생각한다. 내가 해야 할 일이 있기에 나의 소명을 위해 당당히 내 믿음으로 나아가야 한다는 생각이 든다. 타박타박 걷는 내 걸음이 나의 진정한 내면에 따라 움직이는 인생길로 인도할 것처럼 느껴지기도 한다.

나는 이렇게 훌쩍 떠나 잠깐 외출하는 산책을 좋아한다. 걷는다는 것은 숨을 쉰다는 것이고 움직인다는 건 내 존재를 느끼는 것이다. 나는 배우 하정우의 책을 보면서 걷는다는 것 그 자체가 삶에 큰 힘이 된다는 것을 배웠다. 그 책에서처럼 걷는 것만으로도 살아갈 힘이 생겼고 삶의 의지와 소명이 또렷해졌다. 누군가 길이 있어서 걷는 것이 아니라 내가 걸어서 길이 날 수도 있다고 말했다. 이 말처럼 나는 누군가를 위해 먼저 걸음으로써 길을 내고 내 인생길도 만들어 간다는 마음으로 걸었다. 나도 모르게 걷기를 통해 건강을 찾았고 생각은 깊어졌으며, 세 아이를 둔 엄마로서, 아내로서, 엄마와 동생의 보호자로서 미래를 계획할 수 있었다. 또한 걷다 보면 살아있는 것조차도 감사하다는 느낌이 들기도 하고, 그러다 보면 가슴 깊숙이 평소 느끼지 못하는 묘한 쾌감이 차오르며 절로 기분이 좋다. 특히 내가 사랑하는 막내아들이랑 손잡고 걷는 걸음은 세상 모든 시름을 씻은 듯 행복하게 한다.

캐나다의 노화 예방센터에는 걷기에 대한 다음과 같은 표어가 있다. “일주일에 세 번, 30분씩 빠른 걸음으로 걸으면 나이를 10년 되돌릴 수 있다.” 나는 이 말을 박성배 작가를 통해 알 수 있었다. 그는 매일은 아니지만, 규칙적으로 10년을 꾸준히 걸었다고 한다.

그 결과 고난을 겪으며 악화했던 몸이 좋아지며 그 이전보다도 오히려 건강한 신체를 유지하게 되었다고 한다. 그는 힘들 때마다 걸었는데 그때는 몰랐지만, 어느 순간 건강해진 자신을 보며 "걷기가 내 건강을 지켜주었다."라는 확신이 들었다고 했다. 이 글을 읽는 독자 가운데 건강한 몸을 원한다면 걷기를 습관화해 보기를 바란다. 걷기는 신체의 건강뿐만 아니라 앞에서 나의 사례를 들어 얘기했듯이 마음의 건강과 행복마저도 안겨준다. 영국에는 "우유를 마시는 사람보다 우유를 배달하는 사람이 더 건강하다."라는 속담도 있다. 앞으로도 나는 변함없이 건강한 신체와 마음을 걷기로 유지하려고 한다. 그래서 힘들 때는 산책을 하면서 마음을 가다듬는다.

걷기를 통해서 얻는 세 가지 이로움을 정리하면 다음과 같다.

첫째, '건강'이다. 꾸준히 걸으니 건강해진다. 걷기가 사람을 살린다고 하지만 나는 아무 생각 없이 그냥 걸었고 그 효과를 톡톡히 보았다. 걷기가 건강에 미치는 영향은 유명인들의 말을 통해서도 증명된다. 토머스 제퍼슨은 "걷기는 최고의 운동이다. 멀리 걷기를 습관화하라."라고 하였다. 영국의 역사학자 험프리 트리벨리안(*Humphrey Trevelyan*)은 "나에게는 두 명의 의사가 있다. 내 오른발과 내 왼발이다. 두 발로 걷는 것이 최고의 의사다."라고 말하였다. 또 히포크라테스 선서로 유명한 그리스 의학자 히포크라테스(*Hippocrates of Cos*)는 "최고의 약은 걷는 것이다."라고 하였다. 아산의료원 원장 박성욱 박사는 "걷기는 심장병의 주원인인 동맥경

화, 즉 체지방을 연소시키는 효과가 뛰어나다. 혈액순환을 원활하게 해주어서 심장병 예방에 많은 도움을 준다."라고 했다. 일본인 의사이자 『걷지 않으면 건강은 없다(*Walking* 健康法)』(1998)의 저자인 하타노 요시로우(波多野義郞)는 "걷기로 생활 습관의 80% 이상 예방이 가능하며 노화를 방지하고 관절이 튼튼해짐은 물론 치매의 예방에도 좋다."라고 했다. 방태산 화타로 유명한 김영길 한의사는 "누우면 죽고 걸으면 산다."라고 했다. 나는 웬만해서는 눕지 않는다. 옷도 게을러지지 않게 탄탄하게 나를 세울 수 있는 옷을 입는다. 나는 이렇게 걷기뿐만 아니라 내가 존재하는 느낌이 들고, 내 의식이 나를 스스로 돕도록 평소에 작은 일에도 신경을 쓰는 편이다. 물론 그중 최고는 걷기이다. 걷는 것은 내가 살아있음을 느낄 수 있는 큰 힘을 준다.

둘째, '생각의 숙성'이다. 독일의 철학자 니체(*Friedrich W. Nietzsche*)는 "진정 위대한 모든 생각은 걷기로부터 나온다."라고 했다. 미국의 작가이며 시인인 헨리 데이비드 소로(*Henry David Thoreau*)는 "내 다리가 움직이기 시작하면 내 생각도 흐르기 시작한다."고 했다. 사르트르(*Jean-Paul Sartre*)는 "인간은 걸을 수 있는 만큼 존재한다."라고 했다. 『에밀(*Émile, ou De l'éducation*)』(1762) 등 유명한 책을 남긴 장 자크 루소(*Jean-Jacques Rousseau*)도 걷기와 생각의 숙성에 대한 유명한 말을 남겼다. "나는 걸을 때 생각할 수 있다. 걸음이 멈추면 생각도 멈춘다. 나의 정신은 오직 나의 다리와 함께 움직인다." 그의 교육 철학이 담긴 『에밀』과 같은 명작도 이러한 생각의 숙성 과정을 통해서 탄생했을 것이다.

셋째, '미래를 설계하는 힘'이다. 박성배 작가는 걸으면서 기도하고 미래를 설계하였다고 했다. 그러면서 기적과 같이 모든 일이 이루어져 가는 것을 체험하곤 하였다고 하였다. 나는 에이브러햄 링컨의 "나는 천천히 걷지만 절대로 뒤로 뒷걸음치지는 않는다."라는 말을 참 좋아한다. 걷기를 통해 링컨처럼 미래를 설계하고 꿈꾸는 데 큰 힘을 얻으려 하기 때문이다. 나는 자주 걷는다. 걸음이 나를 살린다고 믿고 움직인다. 그러다 보면 걷기가 실로 삶의 만병통치약임이 몸으로 마음으로 느껴진다. 나는 앞으로도 계속해서 걸을 것이다. 힘들 때도 걸을 것이고 기쁠 때도 걸을 것이다. 이미 100세 시대가 열렸다. 한데 100세를 요양원에서 맞이한다면 아무 의미가 없다. 자기 힘으로 움직이며 사는 100세 시대라야 한다. 걷기는 행복한 100세 시대를 맞이하는 최고의 방법이다.

걷는 것은 아름답다. 아름답다 못해 행복하다. 걸을 수 있다는 것은 나를 챙기는 일이고 나를 위하는 일이다. 인간은 걸어야 하고, 생각해야 한다. 걷는 건 곧 사유이다. 나는 걸으면서 내 머릿속에 세상 이야기를 다 집어넣는다. 걸으면서 나는 생각이 숙성되고 건강한 나를 만났다. 10년은 더 젊어지는 비결을 걷기와 지식을 통해서 알게 되었으니 꾸준한 실천이 나를 완성해주리라 믿는다. 그래서 나는 사람들에게 알리고 싶다. 나 오늘 이만큼 걸었다고. 그래서 이만큼 건강해지고 행복해졌다고.

작은 성공 경험과 나답게 사는 행복

"못할 거 같은 일도 시작해 놓으면 이루어진다."

- 『시경(時經)』 중에서

작은 실천을 해보면서 성공의 경험을 쌓는 건 큰 성공을 향해 가는 데 매우 중요하다. 처음부터 큰 것을 이루려 하기보다 작은 것부터 하나씩 하다 보면 어느새 자신이 원하던 자리에 도달하기 때문이다. 굳게 닫힌 문이라도 두드리고 두드리면 언젠가는 열리게 되어 있다. 나는 그 경험자이다. 즉 처음에 책을 읽었고 그다음 필사를 했으며 결국 책을 쓰고 작가가 된 과정이 그렇다. 그림책 『열쇠』라는 책에 나오는 것처럼 나는 자꾸자꾸 새로운 문을 열고 다양한 문을 열면서 살아간다. 하나의 문이 열릴 때마다 나는 내가 새로운 세상을 만난 듯하고 내가 살아있음을 느끼게 된다.

계속해서 작은 성공을 만들어 가는 건 물론 쉽지는 않다. 하지만 작은 성공이라도 한번 경험한다면 그 성공의 경험이 계속해서 자신을 도전과 실천으로 이끌 것이다. 이런 도전과 실천은 급격히 변화하는 세상 가운데서도 시대를 읽으며 누구나 자기만의 길을 만들어가게 한다. 경영학의 아버지 피터 드러커(*Peter Drucker*)는 "미래를 예측할 수 있는 유일한 방법은 스스로 미래를 창조하는 것."이라고 말했다. 피동적으로 세상의 흐름에 따라가는 것이 아니라 자신이 그 흐름에 실천과 도전으로 함께 함으로써 새로운 시대를 열어갈 수 있다는 의미이다. 이제 나는 '작가'로서 성공의 경험을 늘려나가려고 한다. 그래야 더 좋은 작가로 성장할 수 있음을 배웠다. 나는 오늘도 책을 보고, 글을 쓰고, 자리에 앉아 나를 만들어가고 있다. 나는 나로 살고 있다. 간절하면 세상이 나를 도와준다는 사실을 나는 알고 있다. 그 간절함이 전해져 내가 일어선다. 나부터 세상에 나와서 잘되어야 누군가를 도울 수 있다는 사실도 깨달았다.

내가 경험하는 최소단위, 즉 스몰 스텝으로 가다 보면 언젠가는 궁극적 꿈이 분명히 이뤄진다고 믿는다. 그 믿음이 나를 여기까지 데리고 왔고 여전한 믿음으로 계속 실천하면서 나아가고 싶다. 오늘도 감사한 마음으로 내가 해야 할 일을 충실히 하려고 하는 건 그 믿음이 나를 이끌기 때문이다. 그럼 믿음으로 나는 내가 할 바를 다하면서도 오늘 죽어도 여한이 없는 사람처럼 하루하루를 잘 살아내려고 한다. 잘 먹고 잘 놀고 즐겁게 놀면서 말이다. 산다는 것은 즐거운 놀이다. 그러므로 놀이처럼 살다가 가야 하는 것이다. 그러기 위해선 적절하게 거절의 미학도 잘 사용해야 한다. 거절은 내가 더이상 아프지 않기 위해 내가 쓰는 찬스 카드이다. 이는 나를 보살피고 아껴준 김태호 PD님이 주신 지혜다. 이렇게 살아가는 내 걸음은 비록 작지만, 누군가에게는 길이 될 수 있다는 생각도 든다.

나는 계속해서 도전하는 과제를 늘려나가고 있다. 이는 보다 성장할 수 있는 나이테를 늘려나가고 있는 느낌이다. 즉, 작아도 해볼 수 있는 작은 실천을 해보면 성공의 경험을 쌓는다. 나는 사람들과 조율하는 법을 알아가는 중인가보다. 모두 다 하려고 하지 않고 멈추기도 하고 나아가기도 하니깐 말이다. 나는 『어린이를 위한 하버드 아침 습관』(2015)이란 책을 읽으면서 크게 와 닿는 게 많았다. 그 책에 나오는 어린 참나무가 바로 내 모습이라고 느껴졌다. 아무리 주위에서 조언해주어도 혼란스러워하는 게 참나무의 모습이었다. 그런 참나무가 한때 아무렇게나 던져진 내 모습인 것 같아 공감이 갔다. 하지만 자신이 진짜 좋아하는 일을 깨달아 훌륭한 농구선수가 된 마이클 조던처럼 나는 나를 깨달아가면서 아무렇게나 던져진 나라는 존재의 모습에서 벗어났다. 그런 모습에서 벗어난 첫 번째 계기는 하나의 작은 성공 경험이었다. 하나에 성공하자 그 자신감으로 연달아 도전하고 작은 성공을 경험하면서 자연스럽게 정체성의 혼란에서 벗어나 나답게 살게 된 것이다.

"나답게 살 때, 진짜 행복이 찾아온다."라는 사실을 알려 준 책이 있다. 그 책은 바로 『인생은 셀프, 나답게 산다』(2018)이다. 이 책은 행복한 나로 살기 위한 4인 4색 멘토링이다. 책은 강연계의 수퍼루키 엄미나 강사, 덕업일치 아이콘 하플리 이지연 대표, 1997년 SBS 슈퍼모델 1위 이진영 변호사, 빅뱅, 2NE1, 싸이, 비의 크리에이티브 디렉터 MA+CH 장성은 대표 등 4인의 공저이다. 책은 4인 4색, 각자의 이야기를 통해 "인생에 결코 늦은 때란 없다."라고 밝히고 있다. 특히 이진영 변호사는 "나만의 때는 내가 정한다. 내 인생은 내가 사는 것이고, 내 행복도 내가 만들어가는 것이다. 다른 사람의 시선에 눈치 볼 필요 없고, 다른 사람과 비교해 늦었다고 지레 판단할 필요도 없다. 내 삶의 변화와 발전을 위해 도전이 필요하다면 망설일 이유가 없다."라고 강조했다. 그의 이야기는 곧 나의 이야기 같아 크게 와 닿았다. 작은 성공을 경험하고 나답게 살려고 노력하며 행복을 찾아가던 나는 이 책을 통해 더욱 내가 선택하고 나아가며 나답게 살아갈 때의 행복을 더욱 느낄 수 있었다.

내가 작은 성공과 함께 나답게 살아가는 데는 하나님을 만난 것도 매우 큰 역할을 했다. 어느 날 꿈에서 나는 전쟁터에서 누군가와 이야기하는 나를 보고 벌떡 일어났다. 그때 내 귀에 들렸던 구절은 "보라. 꿈꾸는 자가 오는도다."였다. 나의 할머니가 신실하게 다니신 교회에서 준 컵에 적힌 구절이었다. 번뜩 내가 꿈을 품고 도전해야 나다움을 찾는다는 생각이 들었다. 이후 나는 꿈을 위해 독서하고 책 쓰기를 하였고 작가라는 성공의 경험을 누릴 수 있었다. 그렇게 하나님을 만나면서 교회를 만났고 위대한 '성경'이라는 책을 만났다. 차츰 하나님과 만나는 것은 하늘의 문을 여는 일이라는 사실도 알 수 있었다. 하나님과 깊이 있게 만날수록 기도하게 되었고 기도하면 할수록 나는 행복하고 행복해야 함도 알게 되었다. 이 자리를 빌려 나를 하나님께 인도하고 기도의 힘을 알게 해주신 서울은혜교회 김태규 목사님께 감사드린다.

용기 내어 소통하고 성장하다

"저의 인생 철학은
자신의 삶을 스스로 책임질 뿐만 아니라,
이 순간 최선을 다하면
다음 순간에 최고의 자리에 오를 수 있다는 것입니다."

- 오프라 윈프리(Oprah G. Winfrey)

"당신은 어떻게 소통하나요?"

소통을 중요시하고 글을 쓰는 작가로서 누구에게나 묻고 싶은 말이다.

사실 책을 읽고 책 쓰기를 하여 작가가 되기 전까지 소통의 중요성도 잘 알지 못했고 소통의 방법도 서툴렀다. 그러다가 책을 읽다 보니 자연스럽게 소통의 중요성에 눈이 뜨였다. 하지만 소통의 방법은 여전히 찾지 못했다. 그러다가 글을 쓰기 시작하면서 소통의 방법에도 눈이 뜨이기 시작했다. 소통의 방법은 여러 가지이다. 나는 작가인 만큼 글로 사람들과 소통한다. 물론 일방적으로 내 감정을 글로 풀어낸다고 소통이 되는 건 아니다. 소통은 쌍방향이기 때문에 내 글을 읽는 사람이 받아들이지 못한다면 그건 나의 배설에 불과하다.

글로 소통하기 위해서는 용기가 필요하다. 자기 자신을 사실대로 드러내야 하기 때문이다. 자신의 본심은 감춘 채 자신을 포장하여 내놓는다고 해서 그게 진짜 자기가 되는 건 아니다. 그건 가면을 쓴 모습일 뿐이다. 사실 나도 글을 쓰면서 힘들었던 과거 그대로의 나를 인정하고 드러내기가 쉽지 않았다. 수없이 망설이고 망설임 끝에 그 과정을 넘어서야만 나를 찾을 수 있을 것 같았다. 그래서 용기를 내었다. 그리고 사실 그대로의 나를 표현하고 드러냈다. 사람들은 글에 나타난 진짜 나를 인정해 주고 포옹해 주었다. 용기 내어 사실 그대로 쓰기를 잘했다는 생각이 들었다. 그러면서 내가 제대로 소통했다는 믿음이 생겨났다. 그런 소통은 상대와의 관계에서도 중요했지만 나 자신을 찾는 데도 큰 역할을 했다. 나를 스스로 세우고 찾는 일이었기 때문이다.

용기를 내어 소통에 성공하자 사실 그대로를 위해 또 용기를 내는 것은 크게 어렵지 않았다. 이렇게 글로 소통하며 나는 계속 용기 내어 도전한다. 나의 도전에 사람들과의 소통은 큰 힘이 된다. 갈수록 나의 본질을 잘 받아들일 수 있게 되었고, 나의 장점도 인정하게 되면서 더 큰 용기를 낼 수 있었고 도전도 계속할 수 있었다. 이렇게 나는 용기를 낸다는 것은 어렵지 않다는 것을 배웠다.

용기는 바로 내가 할 수 있는 만큼 끄집어내는 것이었다. 그런 용기로 소통이 시작되니 주변을 둘러보고 상황을 보고 판단하면서 내가 어떻게 움직여야 하는지 스스로 알 수도 있었다. 용기가 소통을 부르고 그 소통이 나를 도전하고 성장하게 한 것이다. 이제 소통을 알게 된 나는 어렵더라도 계속해서 글을 한 자 한 자 써 나간다. 소통의 열쇠는 나아가는 것이기에 포기하지 않고 써 내려간다. 끝까지 써 내려가는 게 내가 세상과 또 사람들과 소통하고 나를 만들어 가는 길이기 때문이다. 그렇게 소통하며 당당하게 나아가는 나는 '최민정'이다.

나는 얼마 전에 '느린 학습자 시민회'에 댓글로 모임을 하고 싶다고 했다. 반응이 시원하지 않아서 답답했다. 하지만 나처럼 누군가 용기를 내서 변화하려고 노력하는 사람이 있을 것으로 생각하고 기다렸다. 그런 사람이 분명히 있다고 생각하니 모임이 삼삼오오 주선되는 느낌이 들었다. 그래서 댓글을 또 달았다. 한 번, 두 번, 세 번, 드디어 네 번째 댓글을 달면서 한 줄기 빛처럼 반응이 나타났다. 운영자가 모임을 만든다는 홍보 포스터를 만들어 인스타에 올리는 등 대대적으로 홍보하기 시작한 것이다. 그렇게 스스로 자신의 삶을 나누는 '찬찬모임' 1기가 시작되었다. 이 일 역시도 용기란 세상을 바꾸는 마음의 힘이었음을 알게 했다. 그 용기는 모임이 만들어지는 소통의 마중물이 됐다.

"천천히 함께 걷기에 우리의 오늘은 선물입니다."라는 말이 있다. 솔직한 자신의 감정은 혼자서도 찾을 수 있지만 함께 모여 찾는 건 더욱 중요하다. 순간의 자기감정이나 기분에 휘둘리지 않고 상대의 눈을 통해서 객관적으로 자신의 존재를 찾을 수 있기 때문이다. 물론 혼자만의 시간을 갖게 됨으로써 나를 진정으로 돌아보는 건 중요하다. 하지만 늘 혼자만의 시간을 갖는다면 우물 안 개구리처럼 냉정한 자기 인식이 어렵다. 그래서 느리더라도 함께 걷는 게 선물이라는 것이다. 함께하기를 통해 진짜 나를 찾고 만들어간다면 소통은 원활해질 수밖에 없다. 앞에서도 말했듯이 소통은 자신을 성장하게 하는 힘이라고 했다. 내가 나로 살며 더욱 행복해지는 길도 또한 소통이다. 나는 계속 노력하고 정진하고 싶다. 그러기 위해서 나는 오늘도 소통을 배우고 소통의 힘을 키우려 한다.

책 『탈무드(*Talmud*)』에 나오는 현명한 사람이 되는 7가지 조건을 읽으며 큰 깨달음이 일었다. 내 머리에 새겨야만 할 것 같아 되뇌고 또 되뇌었다. "날카롭게 질문하고 정돈해서 답한다."라는 말에서 책임감 없는 내 모습이 바로 보이기도 했다. 그 7가지 조건을 제대로 알고 실천한다면 현명한 사람이 될 수 있을 것 같았다. 그 현명한 방법에 따라 사무실 겸 연습실로 쓰려고 얻었던 지식산업센터 매매도 나 혼자 힘으로 성사하고 있다. 무리하게 얻은 곳이라 다시 한번 확인하고 전화도 했다. 평소 같으면 어쩔 줄 몰라서 겁부터 나거나 남편이나 친정어머니께 해달라고 부탁했을 것이다.

하지만 소통을 통해 어느 정도 성장하고 탈무드의 현명한 사람이 되는 조건을 알고 나니 용기가 나고 힘이 생겼다. 남편이 말한 것처럼 나 혼자 힘으로 일을 마무리하려고 노력하고 있는 내 모습이 뿌듯하기도 하다.

나는 이렇게 소통하며 성장하고 있다. 소통으로 성장하니 내 마음을 다스리는 법도 전보다 수월해졌다. 할 수 있다고, 한 걸음씩 나아가면 된다고 믿으며 나는 계속 소통하려 노력한다. 글쓰기는 무엇보다도 소중한 소통의 창구이다. 차분히 자리에 앉아서 쓰는 글을 통해 나를 하나하나 짚어보며 스스로 돌아본다. 그러다 보면 내가 고쳐야 할 부분이 보이고 새롭게 나가야 할 길도 보인다. 글쓰기는 이렇게 내 마음을 가라앉히고 나를 앞으로 인도하며 내가 진정으로 소통하도록 한다.

믿음이 소통과 성공을 이끈다

"할 수 있다고 믿는 사람은 그렇게 되고
할 수 없다고 믿는 사람 역시 그렇게 된다."

- 샤를 드골(Charles de Gaulle)

내 인생이 바뀌는 몇 가지 계기 중 하나는 하나님을 만난 일이었다. 나는 친정어머니께 하나님을 만나는 나의 신앙심을 보여주었더니, 어머니는 나의 작은 움직임에도 늘 하나님이 동행하고 있다며 감사해하셨다. 하나님을 만날수록 하나님과 대화하고 관계하며 기도하는 내가 되었다. 하나님을 만나고 나니 나는 늘 작가였다는 생각이 들었다. 작가가 되기 이전에도 나는 글을 쓰는 시간을 습관적으로 가지고 있었고, 누가 말하지 않아도 내 기록을 들여다보며 온몸으로 나를 쓰고 있었기 때문이다. 작가 이전에 내가 작가처럼 살아왔던 것은 내 삶에 동행하는 하나님 덕분이라는 생각이 든다. 하나님은 내가 가야 할 길을 알고 나와 동행하며 작가로 예비하신 것이다.

나는 이제 여기까지 왔고 작가로 소통하며 나를 차곡차곡 쌓아가는 중이다. 글은 쓸 때마다 존재하는 내가 우뚝 서 있음을 느낀다. 나의 존재를 느끼니 글쓰기가 재미있지 않을 수가 없다. 여기에 하나님이 늘 동행한다고 믿으니 글쓰기가 나의 사명처럼 느껴지기도 한다. 그래서 나는 쓴다. 무엇이든 계속해서 써 내려간다. 나의 작은 움직임이 결국은 큰 성공으로 이어진다는 사실을 믿고 쓰고 또 쓴다. 글을 쓰다 보면 지칠 때도 있지만 나는 그때마다 나를 다독이면서 계속해서 글을 쓴다. 다독일 때는 할 수 있다고 믿는 사람은 그렇게 되고, 할 수 없다고 믿는 사람 역시 그렇게 된다는 사실을 되뇌며 나를 다잡는다. 내 글이 서툴더라도 의지로 노력하다 보면 언젠가 내 꿈을 이루고, 그 과정에 하나님이 언제나 동행할 것이라는 믿음이 있으니 포기하지 않는다.

"나는 어제 하남 단막극장에 갔다. 내가 하고 싶은 일을 위해 글로 적고 움직였다. 언제든 놀러 오라는 대표님의 말씀에 마음을 기울이고 용기를 내었다. 많은 이들이 리딩을 하고 있었다. 전에 같이 공연하던 배우도 있었다. 너무 반가웠지만 감정을 조절하며, 리딩에 방해되지 않게 보고 있다가 우리 아이들이랑 집으로 왔다. 큰 용기를 내어 극장에 간 나에게 나는 마음으로 손뼉을 친다. 여전히 숨듯이 가지만 혼자 당당하게 갈 수 있는 날이 오기를 기다리고 있다. 나는 실천 할 수 있을까?"

앞서 밝힌 글은 2021년 6월 15일에 쓴 일기다. 나는 이처럼 홀로서기가 부족했다. 하지만 나를 보호하며 나아가려고 노력했다.

한 글자 한 글자 쓰는 내 글자처럼 더디지만, 꾸준히 스스로 나를 이끌어가기 위해 힘썼다. 그러다가 나는 김종열 전도사와 유영미 권사를 만날 수 있었다. 그분들은 나를 다독이며 '나'를 주님의 자녀로 이끄셨다. 이 또한 하나님이 동행하신 결과라고 생각한다.

오늘 아침에는 길을 걸었다. 무거운 몸으로 아이들을 돌보고 아침에 걷는 이 기분은 말로 표현할 수 없을 만큼 행복했다. 숨을 쉴 수 있었다. 이대로 무너지면 안 된다는 생각에 움직였다. 아이들을 사랑하지만 잠시 떨어진다고 큰일이 나는 것도 아니기에 나를 위하고 아이들을 위해 움직였다. 계단도 세어보고, 모든 번뇌를 잊으려고 새소리에 나를 기울이기도 하고 짧은 시간이지만 자유를 마음껏 만끽했다. 바로 나다웠다. '나'는 하나이지, 절대 둘이 아니라는 생각이 들었고 자유에는 책임이 따른다고 생각하며 머리를 비우고 다시 집으로 돌아왔다. 마치 순례를 마친 사람처럼 나는 그렇게 나답게 움직였다. 이 또한 하나님이 인도하고 동행하는 과정이었음을 나는 믿는다.

감정을 공부하다 보면, 생각과 행동 사이에는 감정이 있다는 생각이 든다. 그렇기에 소통에는 그 감정을 제거하는 작업이 중요하게 작용한다. 바로 자신의 감정은 버리고 상대의 감정은 수용하며 객관적인 상황판단을 해야 소통의 디딤돌이 놓이게 된다. 감정을 다스리는 데는 믿음이 큰 힘을 발휘한다. 어떤 상황에서도 나를 인도하고 동행하는 하나님을 믿는다면 감정조절이 쉽고 상대의 감정도 통 크게 수용할 수 있기 때문이다. 정말 원하는 일에서 성과를 얻을 수 있으려면 상대와 소통을 통해 발전할 수 있어야 한다. 모든 일은 혼자서 하기에는 어려움이 따르고 누군가의 도움이 필요하다. 누군가의 도움을 위해 소통이 필요한 것이다. 이런 소통이 이뤄질 때 원하는 성과물을 얻도록 하며, 설령 실패하더라도 그것 또한 소중한 경험이 되어 다음 성공을 위한 발판이 된다. 밀고 가야 하는 일에는 그만큼 감정을 배제하고 소통이 필요하다는 사실을 잊지 말자. 하나님의 존재가 그만큼 소통을 쉽게 하고 그 결과로 일의 성공을 추진한다는 사실 또한 잊지 말자.

끊임없이 움직이고 소통하자. 아무런 두려움도 갖지 말고 움직이자. 움직이다 보면 목표가 생기고 목표가 생기면 다가서야 한다. 목표에 다가서 성공을 이루려면 누군가와의 소통이 필요하다. 그 소통의 시작은 믿음이다. 믿음은 두려움을 없애주고 용기를 얻게 하며 포용하고 화해하게 한다. 이런 태도만 갖춘다면 누구와도 소통을 이룰 수 있다. 소통의 시작은 성공을 향한 첫걸음이다. 다시 말하지만 소통하고 성공을 향해 나아가자. 그 소통과 성공의 발판은 바로 믿음이다.

에필로그

7가지 미라클 맵으로 치유되고 행복하길

이제는 세상을 향하여 힘차게 발걸음을 옮기려고 합니다. 제 인생의 책인 『힐링 예술가』를 쓰면서 제 인생이 다시 태어나는 경험을 하였습니다. 이제는 세상을 향하여 힘차게 발걸음을 옮기려고 합니다. 처음에 책을 쓰기 시작할 때만 해도 힘들고 어려웠습니다. 그러나 책 쓰기 코칭 전문 박성배 작가님이 이끌어주시는 대로 한 걸음 한 걸음 실천해서 결국에는 이렇게 한 권의 책을 완성하여 출간할 수 있게 되었습니다.

이 책이 나오고 제가 여기에 서기까지 도와주신 한 분 한 분의 이름을 여기 적어봅니다. 제가 정말 사랑하고 존경한 홍선미 교수님, 저 하나로 인해 비를 다 맞으신 금동현 대표님, 저의 잘못된 생각을 이해하고 조언해주신 서승만 스승님, 동행할 수 있도록 희망과 용기를 주신 김태호 PD님, 같이 작업하고 싶다는 저의 당돌함에 당황하셨을 전도연 선배님, 좋은 글을 써 달라고 격려해주시며 늘 마지막에 만나주신 이순재 교수님, 분장실 문을 열고 들어가 울면서 찾은 뮤지컬 배우 최정원 선배님, 저를 안타까워하시면서도 믿어주신 시소리 김옥분 작가님, 작가로서 존중해주고 아껴주신 아리나 작가님, 하나님을 만날 수 있도록 기도해주신 김서희 작가님, 내 생애 첫 공연 때 만났고 정말 좋아한 배우 이상준 오빠, 학교 다닐 때 내게 유일하게 관심을 주고 노래 선생님을 소개해주겠다고 한 진용국 교수님, 나를 만나고 싶었다고 말한 뮤지컬배우 겸 보컬코치 고은선 언니, 암을 극복하며 당당함을 보여 준 허선영 선배님, 마음이 예쁜 김소율 배우님, 있는 듯 없는 듯 나를 생각한 성악가 동생 안윤진, 나를 잡아준 애교 많은 동생 뮤지컬배우 황의진, 하나님께 기도하라고 말씀하신 유영미 권사님, 나를 전도해주신 김종열 전도사님, 힘들 때 기도하는 힘을 알려주신 이사연 권사님, 이곤희 장로님, 말씀대로 사는 성공을 강조하신 김태규 목사님, 지금은 헤어졌지만 나를 이끌어준 이정은 선배님, 18살 때 만나 노래를 할 수 있게 해주신 신소영 스승님, 내가 바른 판단을 하게 해준 구지은 작가님, 기도해주신 안명숙 작가님, 우쿨렐레 연주와 노래가 이쁜 유미 언니, 늘 연락해주고 지금은 헤어진 한승현 후배, 어려울 때 달려오고 조언해준 조용진 선배, 나를 걱정해 준 세희 동생, 진정한 도움을 주신 송은섭 작가님, 바쁘신 가운데에도 도움 주신 박현주 국장님, 실수가 잦아도 강의할 수 있게 격려해 주신 송연숙 대표님, 나의 흔적에 귀 기울이고 생각해 주신 김성례 선생님, 저를 위해 기도해 주고 사람에 대한 구별을 할 수 있게 도와주신 권동욱 화가님, 꿈꾸는 힐스 연극동아리에 인선민님과 김명희님, 연극놀이 할 수 있게 해주신 양혜경님, 그리고 세상에서 가장 가까운 인연인 꿈꾸는 힐스 도서관 운영위원회의 한연숙님, 봉선주님, 최경현님, 노소정 총무님, 정은정 도서관 매니저님, 임형숙 도서관 관장님, 강선영 도서관 관장님, 샬롬성가대의 이기연 집사님, 처음에 왔을 때 마음이 다치지 않게 챙겨주신 강미주 집사님과 남민아 권사님, 12그룹 식구들, 조윤옥 권사님, 아버지 같은 박근규 장로님, 여름에 흐르는 물가에서 만난 최지섭 목사님, 그리고 이혜영 사모님, 김에스더 사모님, 늘 웃으며 챙겨주시는 남유정 권사님, 지금은 다른 곳에 가신 이곤희 장로님과 이

사연 전도사님, 힘들 때 항아리 김치를 주신 시집 『손에 쥐었다 놓으면』의 저자 이삼례 선생님 등 많은 분께 감사 말씀을 드립니다.

마지막으로,우리 아이들 시윤, 연서, 이찬 그리고 책 쓰는 이유를 만들어주신 나의 전부였던 친정어머니, 내가 정말 사랑하는 내 동생, 돌아가시기 전에 내게 미안하다고 이야기하신 우리 아버지, 나를 인정하고 늘 배려해주시는 시어머님, 나만 기다리시며 하나님 만날 수 있게 조언해주신 정릉에 계신 권사이신 나의 친할머니, 어떤 상황에서도 나를 지켜주는 남편 임왕섭, 책 쓰기 코칭을 해주신 박성배 목사님…, 이 모든 분께 마음 모아 감사드립니다.

하나님 감사합니다. 하나님이 하셨습니다. 하나님이 역사하셨기에 제가 이 자리까지 오게 되었습니다. 앞으로 10권을 쓰는 날까지 저 자신을 사랑하며 앞으로 나아가며 하나님만을 의지하겠습니다.

'힐링 예술가'를 쓰면서 제 삶이 바뀌었으니, 이 책을 읽는 여러분의 삶도 분명히 치유되고 행복하고 아름다운 삶으로 바뀔 것이라고 이야기하고 싶습니다.

2023년 봄에
최 민 정